Petra

Zara Kavka

Blütensplitter

Weitere Titel in dieser Reihe:

Tamina Berger: Engelsträne
Tamina Berger: Frostengel
Ulrike Bliefert: Eisrosensommer
Ulrike Bliefert: Lügenengel
Ulrike Bliefert: Schattenherz
Juliane Breinl: Perlentod
Juliane Breinl: Feentod
Bettina Brömme: Rachekuss
Bettina Brömme: Frostherz
Bettina Brömme: Engelmord
Beatrix Gurian: Höllenflirt
Beatrix Gurian: Liebesfluch
Zara Kavka: Giftkuss
Zara Kavka: Höllenprinz
Krystyna Kuhn: Schneewittchenfalle
Krystyna Kuhn: Märchenmord
Krystyna Kuhn: Dornröschengift
Krystyna Kuhn: Aschenputtelfluch
Kathrin Lange: Schattenflügel
Kathrin Lange: Septembermädchen
Inge Löhnig: Schattenkuss
Manuela Martini: Sommerfrost
Manuela Martini: Sommernachtsschrei
Nora Miedler: Lügenprinzessin
Nora Miedler: Funkentanz
Susanne Mischke: Nixenjagd
Susanne Mischke: Waldesruh
Susanne Mischke: Zickenjagd

Zara Kavka

Blütensplitter

Arena

FSC
www.fsc.org
MIX
Papier aus verantwortungsvollen Quellen
FSC® C110508

1. Auflage 2015

Einbandgestaltung: Frauke Schneider unter Verwendung
eines Fotos von © Shutterstock
Gesamtherstellung: Westermann Druck Zwickau GmbH
ISBN 978-3-401-60006-2

www.arena-verlag.de
www.arena-thriller.de
Mitreden unter forum.arena-verlag.de

Prolog

Ich stehe bis zum Bauch im Wasser und schaue gebannt aufs Meer hinaus Richtung Amerika. Unter meinen Füßen spüre ich die wellenförmigen Rillen des Meeresbodens. Ein paar Meter neben mir warten weitere Surfer, die Blicke fest auf den Horizont gerichtet, auf die nächste Welle, die uns alle auf unseren Brettern zum Strand tragen wird. Die Vorfreude auf meinen letzten Ritt für heute wärmt mich von innen, obwohl ich vor Kälte am ganzen Leib zittere.

»Einmal noch! Bitte«, habe ich Papa angebettelt.

»Na gut. Aber das ist die letzte, dann gehen wir nach Hause.«

Papa ist der beste!

Endlich wölbt sich weit draußen der Horizont.

»Da kommt eine!«, schreie ich und schaue gebannt, wie sich die gigantische Glitzerschlange seitwärts auf uns zubewegt.

»Papa! Schau! Die wird riesig!« Ich drehe mich zu ihm um und zeige mit dem Finger hinaus aufs Meer. »Papa?«

Etwas stimmt nicht mit ihm. Er hält sich mit beiden Händen den Kopf und antwortet nicht. Hat er mich nicht gehört? Ich rufe noch einmal, so laut ich kann: »Hast du Kopfschmerzen?«

Aber meine Stimme kommt nicht gegen den Lärm der Brandung und des Windes an. Papa hört mich immer noch nicht, lässt aber zum Glück die Arme sinken und lächelt mich an. In dem Moment bemerke ich, dass sein Brett in einem rasanten Tempo von uns wegtreibt.

»Warte, ich hole dein Board.«

Kopfüber stürze ich mich ins Wasser, kraule, rechts ... rechts ... rechts, erwische das Brett, finde sofort die Leine und schwimme eilig zurück. Als ich aufblicke, sehe ich die haushohe Welle ganz nah, aber Papa sehe ich nicht.

»Papa! Paaapaaaa!«, schreie ich aus Leibeskräften. Doch der Wind zerfetzt meine Schreie in tausend kleine Tönchen, die sofort vom Tosen der Brandung geschluckt werden.

Ich bekomme Panik, tauche und suche fieberhaft in allen Richtungen. Da ist er! Seine hellgrüne Badehose leuchtet im aufgewühlten Meerwasser. Was tut er da? Nach zwei kräftigen Schwimmzügen bin ich bei ihm, will ihn am Ellenbogen packen und hochziehen, doch da erfasst mich die Welle und reißt mich fort.

Wasser dringt in meine Nase und Ohren. Ich schlucke Unmengen davon und verliere die Orientierung über oben und unten. Luft! Ich rudere mit Armen und Beinen, um wieder an die Oberfläche zu gelangen, bin aber machtlos gegen den wirbelnden Sog des Wassers.

LUFT!

Die Kräfte verlassen mich. Mit einem Schlag werde ich ganz ruhig, höre das Tosen des Wassers, sehe das Licht.

Schwebe.

Wie schön, wie ruhig alles ist. Noch einmal spüre ich das dringende Bedürfnis zu atmen, öffne den Mund ... dann wird es dunkel, und als regelte eine Geisterhand die Lautstärke, wird es immer leiser, ganz allmählich ...

Was?

Husten! Schmerz! Stimmen ... Mama?

Hilfe!

Ich ersticke, ich will schreien, kann aber nicht. Jemand richtet mich auf, rüttelt an mir.

Schmerzen, Hölle.

Ich übergebe mich, spucke Wasser, viel Wasser. Es tropft auch aus meiner Nase und den Augen. Oder sind das Tränen? Es tut so weh!

Ich öffne die Lider und das Licht fährt wie ein Dolch in meinen Kopf. Also schließe ich sie sofort wieder.

»Papa!«, schreit eine innere Stimme. »Wir müssen Papa suchen!« Aber meine Stimmbänder versagen.

»Isa! Du lebst!« Mamas Worte dringen in mein Bewusstsein. »Wo ist Papa? Wann hast du ihn zum letzten Mal gesehen? Sein Surfbrett ist hier, aber er nicht. Isa ...« Mama kniet direkt neben mir. »Wo ist Papa?«

Ich kann nicht sprechen, versuche ich zu sagen, doch meine Kehle brennt wie Feuer. Ich brauche was zu trinken.

»Wasser«, flüstere ich endlich.

»Im Wasser? Aber da sehe ich ihn nicht!«, antwortet Mama, springt auf und sucht das Meer ab.

Ich zeige auf eine im Sand stehende Flasche und blinzele meine Schwester an. Das Licht ist noch immer nicht auszuhalten. Sophie versteht sofort und reicht sie mir. Nach ein paar kleinen Schlucken geht es mir etwas besser.

»Die Welle. Papa ist in der Welle«, flüstere ich und sehe wieder die hellgrüne Badehose vor mir.

Es vergehen Minuten, vielleicht auch Stunden, es gibt keine Zeit, nur Schmerz und Angst.

Irgendwann höre ich vereinzelte Sätze:

»Sie haben ihn!«

»Vorsicht! Schnell!«

»Hierhin.«

»Ich mach es.«

»Noch mal!«

»Lass mich mal.«

…

Tausend Stimmen. Ich halte die Augen weiter geschlossen, um die Bilder, die diese Sätze bei mir hervorrufen, nicht in mich hineinzulassen.

Plötzlich herrscht Stille.

Vorsichtig öffne ich die Augen, ignoriere das stechende Licht und sehe Mama im Sand knien, wie sie Papas leblosen Körper in ihre Arme nimmt und ihn hin und her wiegt. Jetzt höre ich auch ihr Weinen. Jemand kriecht hinter mich, hält mich fest und ich erkenne Sophies Atem.

»Ich hätte ihn retten können«, sage ich, nachdem ich eine Weile diese unwirkliche Szene beobachtet habe. »Aber ich habe mich für sein Surfbrett entschieden.«

Erst nachdem ich diesen Satz ausgesprochen habe, erkenne ich seine Tragweite und spüre, wie er meine Seele brandmarkt. Wie ein Schaf, dem der Bauer mit einem glühenden Eisen ein Zeichen ins Fell stempelt, brennt sich der Satz fest in mein Bewusstsein.

Freitag, 27.06., 19:40 Uhr (MEZ)

»Du kannst die Prüfung doch wiederholen«, sage ich und streiche Moni über den Rücken. Aber meine Beruhigungsversuche bleiben erfolglos. Sie schluchzt wie ein Kind, dem gerade gesagt wurde, dass es nutzlos und dumm ist. Das nervt mich. Sie ist schließlich Stanford-Studentin, gehört also zur absoluten Bildungselite und kann gar nicht dumm sein, was sie aber durch ihren Hang zur Dramatik meist völlig vergisst. Gerade hat sie lediglich einen winzigen Teil der Prüfung in den Sand gesetzt, verhält sich aber so, als hätte man sie exmatrikuliert – für immer. Dabei schaffen es nur etwa 20 % der Studenten, alle Prüfungen gleich beim ersten Durchgang zu bestehen.

Sie ist eine verwöhnte kleine Heulsuse, denke ich, spule aber natürlich die üblichen tröstenden Worte herunter, die man in einer solchen Situation sagt.

Verstohlen blicke ich auf meine Armbanduhr. Oh Mann! Es ist 10:40 Uhr und höchste Eisenbahn. Wie lässt man eine gute Freundin heulend mitten auf dem Campus sitzen? Gar nicht. Zumindest nicht, wenn man so gestrickt ist wie ich. Obwohl ich in spätestens 30 Minuten zu Hause sein muss, was eigentlich schon gar nicht mehr möglich ist.

»Magst du mit zu mir?«, frage ich vorsichtig.

»Zu dir?«, schluchzt Moni. »Wir haben doch um zwölf Statistik.«

In dem Moment meldet ein leiser Ton in meiner Hosentasche die Ankunft einer WhatsApp-Nachricht.

Isa. Ich krame hastig das Handy hervor.

Noch 30 Minuten. Was auch passiert, ich werd's nicht überleben. Ich hab Angst. Luv ya, Isa.

»Verdammt!«, rufe ich und springe auf.

Moni blinzelt verwundert mit ihren verquollenen Augen zu mir hoch. »Was ist los?«

»Ich schwänze Statistik. Du weißt doch, meine Schwester hat heute ihr Castingfinale und das fängt bald an.«

»Ach ja, natürlich, das hab ich total vergessen«, sagt Moni. »Geh nur. Ich komm schon klar.«

Das war einfach, denke ich und ärgere mich, dass ich mich nicht früher auf die Weise losgeeist habe. Ich war schon vor einer Stunde mit meiner Prüfung fertig und habe mal wieder nicht *Nein* sagen können, als Moni mich bekniete, ihre Prüfung noch abzuwarten.

Während ich zur Bushaltestelle renne, überlege ich, wie viele Minuten ich zu spät sein werde. Wenn der Bus gleich kommt – was er nie tut – und falls er nur 25 Minuten braucht – was höchstens mal nachts der Fall ist, wenn die Ampeln ausgestellt sind –, brauche ich etwa 35 Minuten bis zur Haustür. Dann käme ich nur fünf Minuten zu spät. Wieder einmal spüre ich die Nachteile, sich ein Studium in Amerika nur mit einem Au-pair-Mix leisten und nicht auf dem Campusgelände wohnen zu können.

Der nächste Bus fährt natürlich erst in 15 Minuten. Wie konnte ich mich ausgerechnet heute so mit der Zeit vertun? Ich rufe Isa an, aber es meldet sich nur die Mailbox. Wahrscheinlich war der WhatsApp-Gruß das Letzte, was sie noch verschickt hat, bevor sie in die Maske ist. Ab dort gilt Handyverbot. Ich hätte sie natürlich unbedingt noch mal anrufen müssen, ich Idiotin!

20 Minuten später kommt der Bus. Ein Glück, ich habe auch schon mal länger gewartet. Es macht nichts, wenn ich die ersten Minuten verpasse, rede ich mir ein, da wird eh nur rumgeschwätzt.

Stau! Der Bus steht, es geht nichts mehr. Sirenen in weiter Ferne deuten darauf hin, dass ein Unfall passiert ist. Zur Not schaue ich mir die Show in der Mediathek und nicht live an. Was macht das schon? Isa muss es ja nicht erfahren. Ich lehne meinen Kopf gegen die Fensterscheibe und konzentriere mich darauf, ruhig zu atmen. Das schlechte Gewissen pocht gegen meine Schläfen, wie so oft, seit mir Professor Thielmann vor einem Jahr angeboten hat, mich für den Master in Psychologie mit nach Stanford zu nehmen. Den Stolz spürte ich höchstens eine Minute lang, bevor er vom schlechten Gewissen niederwalzt wurde. Amerika bedeutete, Mama und Isa zu verlassen. Es ist diese verdammte Angst, jemanden zu verletzen, die mich auf Schritt und Tritt verfolgt. Schon immer. Egal wie ich mich entscheide, mein schlechtes Gewissen ist immer da.

Und jetzt genauso! Natürlich hätte ich mich sofort für Isas Finale und gegen Moni und ihre Prüfung entscheiden müssen, aber in solchen Situationen weiß ich leider immer erst hinterher, was richtig gewesen wäre. Alles, wirklich alles würde ich jetzt darum geben, bei Isa sein zu dürfen. Seit zehn Monaten habe ich sie nicht gesehen ...

»Ich bringe dich«, sagte Isa und lächelte frech.

»Aber du musst doch in die Schule«, entgegnete ich.

»Ich muss gar nichts, außer so lange wie möglich mit dir zusammen sein.«

Ich nickte. Ausnahmesituationen erfordern Ausnahmeregelungen. Wir fuhren eine Stunde mit dem Zug zum Nürnberger Flughafen. Mama konnte natürlich nicht mitkommen wegen des Hotels, aber das machte nichts. Ich fand es wunderbar, die letzten Minuten allein mit Isa zu verbringen.

Dann kam der Moment des Abschieds. Wir standen vor der Sicherheitskontrolle und ich umarmte meine Schwester. Seit der USA-Entscheidung lag eine Schwere zwischen uns, eine Mischung aus Trauer über das, was nie mehr zurückkommen wird, und Angst vor dem Neuen.

»Ich melde mich, wenn ich angekommen bin«, flüsterte ich ihr ins Ohr.

»Zeichen!«

»Oben«, antwortete ich, ließ Isa los und zeigte den Daumen nach oben. »Was denkst du denn, natürlich melde ich mich.«

»Wie oft?«

»Oft.«

»Zeichen?«

»Jetzt hör auf. Ich melde mich, sooft ich kann«, gab ich barsch zur Antwort. Ich konnte es nicht leiden, wenn sie unser Wahrheitszeichen überstrapazierte. Isas Lippen fingen an zu zittern. Ihr Weinen stand in den Startlöchern, und um ihm keine Chance zu geben, drückte ich sie an mich, flüsterte »Luv ya«, schnappte mir mein Handgepäck und ging zur Sicherheitskontrolle, ohne mich noch einmal umzudrehen. Ihr Blick bohrte sich wie ein Angelhaken in meine Schulter. Dreh dich um, dachte ich, während ich darauf wartete, dass meine Tasche am anderen Ende des Röntgenbands zum Vorschein kam. Dreh dich noch einmal um, das erwartet sie. Aber ich konnte nicht. Die Gefahr, dass ihr Blick mich in eine Schockstarre versetzen und ich meinen Flug verpassen würde, war einfach zu groß.

Ein Ruck geht durch den Bus. Er fährt. Ich schaue auf die Uhr. Wenn jetzt alles gut geht, hätte ich nur die ersten 40 Minuten verpasst. Die kann ich mir hinterher im Internet anschauen. Alles ist gut.

Videotagebuch – 22.05.

Hallo, Videotagebuch. Ist irgendwie total komisch, in eine Kamera zu sprechen. Aber ich muss mich dran gewöhnen, also hab ich mir so ein Teil zugelegt. War auch gar nicht so teuer, wie ich gedacht habe. Ich hab's gebraucht gekauft und es hat eine kleine Kerbe, deshalb war es so preiswert. Is' wohl dem Vorbesitzer mal runtergefallen. Das ist mir aber egal, so ein Ding soll ja nicht schön, sondern einfach nur praktisch sein, oder? ... Blöd, dass es nicht antworten kann. Es fühlt sich bescheuert an, so lange Monologe ins Nichts zu halten ...

Rita hat gesagt, so eine Kamera ist super zur Selbstkontrolle. Wenn ich was üben muss, eine Rolle, einen Dialog oder so was, dann soll ich das aufnehmen und mir hinterher anschauen. Auf die Weise könnte man selber seine Schwächen erkennen. Kann ich mir gut vorstellen.

Hoffentlich nimmt sie überhaupt auf, Moment, ich schau mal ...

Ja, passt. Also, wo soll ich anfangen? Am besten am Anfang. Es ist alles so unglaublich! Ich hab mich vor ... vor ungefähr vier Monaten, ja, ich glaube es war Ende Januar, da hab ich mich für eine Castingshow beworben. Nicht so eine wie *Germanys Next Topmodel*, da hätt ich keine Chance. Nee, ich hab mich für eine Schauspielshow beworben, *Eine Schwester für Levi Strauss.* Die Gewinnerin bekommt eine Rolle an der Seite von ... Ich krieg's gar nicht über die Lippen, so abgefahren ist das. Wenn ich das gewinne, falle ich wahrscheinlich tot um. Also, an der Seite von ... Finn Holder, ja: F I N N H O L D E R!!! Und zwar nicht irgendein Finn Holder. Nein. DER Finn Holder. Star aus dem Kinohit *Kind zu verschenken,* in dem er vor ... Wann war das? Keine Ahnung, ungefähr vor zwei Jahren. Da hat er als Enkel von Meryl Streep auf grandiose Weise ein ganzes Altersheim auf den Kopf gestellt und seit einem halben Jahr spielt er in der angesagten Serie *Shit happens* eine Hauptrolle. Er ist erst 17, also nur zwei Jahre älter als ich, und schon ein Weltstar, krass.

Und jetzt soll er den jungen Levi Strauss darstellen. Das war der Typ, der als Jugendlicher mit seiner Familie von Deutschland nach Amerika ausgewandert ist und dort dann vor ungefähr 150 Jahren die Jeans erfunden hat. Der hatte eine Schwester und die soll von einer Laiendarstellerin aus Deutschland gespielt werden. Das haben die Amis mit der deutschen Koproduktionsfirma so ausgemacht. Und die Deutschen machen daraus jetzt eine Castingshow.

Himmel! Ich darf mir echt nicht vorstellen, wie das wäre, wenn ich die Show gewinnen würde. Dann würde ich bis zur Überfahrt nach New York, also ungefähr bis zur Hälfte des Films, die junge Fanny Strauss spielen. Später dann, wenn Levi Strauss beim Goldrausch in den Westen zieht, werden die Rollen von älteren Schauspielern übernommen. Das kennt man ja aus anderen Filmen.

Auf jeden Fall bin ich bei der Castingshow schon mal unter die letzten zehn gekommen. Unglaublich. Echt! Ich würde soooo wahnsinnig gerne diese Schwester spielen.

Die Familie kam aus Buttenheim, das ist 18 Kilometer von Bamberg entfernt, also hier gleich um die Ecke. Und die sind nach Amerika ausgewandert, weil sie total arm waren, wie viele damals, in der Mitte des 19. Jahrhunderts. Und sie haben tatsächlich ihr Glück dort drüben gefunden, wie man weiß.

Ich hab auch 'ne Levi's. Stinkteuer sind die. Wundert mich, dass die noch getragen werden, wo andere Jeans so viel billiger sind. Na ja, Mama ist letzten Montag mit mir in die Stadt gefahren und hat mir eine gekauft. Fand ich super von ihr. Und ich trag sie gerne. Hier ... und hinten, über der rechten Pobacke, ist dieses typische Levi's-Schildchen drauf. Da, Moment, ich halt's mal in die Kamera ...

Dass ich unter den letzten zehn bin, hab ich übrigens gleich nach der zweiten Runde erfahren. Für die erste Runde musste ich nach München. Das war vor ... Moment ... ja, vor genau zwei Wochen. Geht irgendwie alles ganz schön schnell. Da waren ungefähr 50 Kandidatinnen und vier von der Produktionsfirma. Die waren super. Besonders Rita mochte ich sofort und ich war zum Glück in ihrer Gruppe. Ich schätze sie auf Mitte 40. Sie ist Schauspielerin, man kennt sie auch aus dem Fernsehen, aber sie spielt lieber Theater, hat sie gesagt. Und sie ist Dozentin an der Münchner Schauspielschule.

Rita hat mit uns einen ganzen Nachmittag Schauspielübungen gemacht. Ich war total fertig an dem Abend. Aber ich hatte ein gutes Gefühl. Sie hat mich ziemlich viel gelobt. Irgendwie wusste ich, dass ich weiter war. Am nächsten Tag hab ich dann auch gleich einen Anruf bekommen. Eine Woche später musste ich nach Frankfurt. Wahrscheinlich, weil das so ziemlich in der Mitte von Deutschland liegt. Da kamen dann die Gewinner aus allen Regionen zusammen. Es waren wieder so ungefähr 50 Kandidatinnen. Diesmal ging's ein ganzes Wochenende. Das war schon 'ne andere Nummer und ich fühlte mich lange nicht mehr so gut wie beim ersten Mal, hauptsächlich, weil die Kandidatinnen alle viel hübscher und auch irgendwie besser waren, zumindest hab ich mir das die ganze Zeit eingebildet.

Kam noch hinzu, dass ich mich irgendwie zu jung gefühlt habe. Die waren fast alle älter als ich, was auch gepasst hat, denn Fanny war 23, als sie ausgewandert sind, und Levi 18. Da war aber ein total netter Typ, der hat mir versichert, dass das kein Problem wäre. Schließlich würde die Geschichte wesentlich früher anfangen, außerdem hätte ich ein extrem wandelbares Gesicht und die Amerikaner würden ihre besten Maskenbildner mitbringen. Das hat mich dann ein bisschen beruhigt, aber trotzdem. Ich hatte an dem Wochenende dauernd Momente, in denen ich am liebsten wieder nach Hause gefahren wäre. Bin aber zum Glück geblieben, die Hoffnung stirbt ja bekanntlich zum Schluss.

Dann kam dieser riesige Abschlussdreh. Der dauerte ungefähr zwei Stunden. Sie haben uns in einen kleinen

Raum gezwängt, in dem drei Kameras standen. Der Raum sollte ein schwankendes Schiff darstellen und wir die hungernden Passagiere.

Das muss total furchtbar gewesen sein, damals auf den Überfahrten nach Amerika. Ich hab mittlerweile 'ne ganze Menge darüber gelesen. Es gab kaum was zu essen und die Passagiere haben sich dicht gedrängt unter Deck in dem riesigen Schiffsbauch aufgehalten. Da gab es keine Zimmer oder Vorhänge oder Toiletten, nur ein einziger, riesiger Raum. Sie haben dort alles gemacht, also ich meine wirklich ALLES: Pipi, Kacka, Sex, sie kriegten Kinder, Grippe, sie starben, lachten, tranken ... alles! Also nicht wir in Frankfurt natürlich, die Menschen auf den Auswandererschiffen.

Wir sollten auf jeden Fall so eine Überfahrtsszene improvisieren. Fand ich ganz schön schwierig. Alle hatten super Einfälle, nur ich nicht. Ich hab einfach nur meine Sachen an mich gepresst, damit sie mir nicht geklaut wurden, und war extrem angespannt. Plötzlich kam einer der Produktionsleute mit einem Laib Brot unter dem Arm herein. Da ging's echt ab. Die Mädels sind den angesprungen, haben ihn angeschrien, angebettelt. Die hatten super Ideen, wie sie ein Stück Brot abkriegen könnten. Eine fing sogar an, sich auszuziehen. Und ich hatte mich vorher so in eine Erschöpfung reingesteigert, dass ich völlig bewegungsunfähig war, so als hätte ich tatsächlich schon zwei Wochen seekrank auf einem alten Kahn zugebracht.

Mir war völlig klar, dass ich nach dieser Tatenlosigkeit

draußen war. Ich hab keinen einzigen originellen Einfall geliefert und war den Tränen nahe.

Hinterher mussten wir dann eine Weile warten und wurden der Reihe nach aufgerufen. Ich hab die Zeit genutzt, um mich auf einen Abschied vorzubereiten, und dann sagte Rita, dass ich weiter sei. Sie fand mich sogar mit am besten, sie habe mir meinen Zustand total abgenommen, ich hätte superauthentisch gewirkt, hat sie gesagt. Ich hab echt gedacht, ich träume.

Das war letztes Wochenende. Übermorgen, am Samstag, geht's richtig los, ab da kann man alles auch im Fernsehen sehen. Bis jetzt war das so eine Art Vorentscheidung unter Ausschluss der Öffentlichkeit. Von der Schule bin ich schon befreit. Die haben ganz schön dämlich geschaut. Ausgerechnet ich, die unscheinbare, uninteressante Isa Mainhard, soll in einer Fernsehshow mitmachen, an deren Ende ein Dreh an der Seite von Finn Holder steht? Krasse Info, echt. Manche brauchen sicher noch eine Weile, bis sie das verdaut haben. Wahrscheinlich zerreißen sie sich jetzt ihre Mäuler über mich. Das passiert immer, wenn Neid im Spiel ist. Egal.

Jakob war gar nicht begeistert. Das hab ich ihm voll übel genommen. Er weiß genau, dass ich unbedingt Schauspielerin werden will. Mama hat mich fast totgedrückt und Sophie hat einen Schrei losgelassen, den ich wahrscheinlich auch ohne Skype gehört hätte.

Ab nächster Woche drehen wir jeden Tag. Immer jeweils ein oder zwei Szenen und am Freitag gibt's dann die erste Liveshow mit den Zusammenschnitten der Woche. Ein

Script hab ich auch schon gekriegt. Hier ... ganz schön dick, was? Ich kann's schon auswendig. Sieht mehr aus, als es ist. Und jetzt übe ich ein bisschen. Also, wo stelle ich mich denn am besten hin? ... Hier, ja, hier ist gut ...

Freitag, 27.06., 20:45 Uhr (MEZ)

Die Familie, bei der ich wohne, ist heute Morgen zu einem Campingwochenende aufgebrochen. Eigentlich schade, denn die fünfjährige Kate hat sich so gerne freitagabends die Shows mit mir angesehen, und obwohl sie nicht ein einziges Wort verstehen konnte, vergöttert sie meine Schwester. Ich flitze ins Haus und schließe noch nicht einmal die Tür hinter mir, bevor ich den Fernseher anmache. Nach ein paar geübten Klicks habe ich den deutschen Sender gefunden.

Da ist sie! Mein Gott, ist Isa schön! Seit der letzten Show vor einer Woche sind nur noch zwei Mädchen übrig: Isa und Rebecca Kretschmer. Ich schließe schnell die Tür und setze mich auf das Sofa. Gebannt verfolge ich, wie Jens Maikemper, der Moderator, die nächste Aufgabe ansagt.

Die beiden sollen ihrem jüngeren Bruder Levi Strauss abends im Bett die Angst vor Amerika nehmen. Rebecca lacht ein bisschen nervös, während Isa völlig ruhig bleibt. Sie wirkt hoch konzentriert. Ich blicke auf ihre linke Hand und sehe, dass sie sie zu einer Faust geballt hat. Ich lächele. Robbi ist wieder dabei, die kleine, völlig abgekaute Holzrobbe, Isas ständiger Begleiter, seit sie ihre ersten Zähne bekommen hat.

Jetzt kommt wahrscheinlich wieder ein Double für Finn Holder, denke ich und hoffe, dass sie den von der letzten Show engagiert haben, denn das war ein super Typ. Natürlich nicht so charismatisch wie Holder selbst, den man für so einen kleinen Showauftritt natürlich weder gewinnen noch bezahlen kann, aber er hatte was.

Maikemper setzt ein süffisantes Lächeln auf und sagt feierlich: »Ich bitte nun ...«, er macht eine spannungsgeladene Pause, »... Levi Strauss auf die Bühne.«

Das Publikum kreischt. Ich kapiere gar nichts und ärgere mich, dass ich zu spät gekommen bin. Die Kamera schwenkt nach unten ins Publikum. Ein Spot sucht die erste Reihe ab und bleibt bei ...

Mir rutscht ein Schrei heraus, als ich kapiere, was ich da sehe.

Finn Holder verabschiedet sich charmant von seinen beiden Sitznachbarinnen und steht auf. Mit ihm zusammen erhebt sich geschlossen das gesamte Publikum und kreischt und jubelt und klatscht. Während der Star auf der kleinen Seitentreppe nach oben auf die Bühne steigt, winkt er immer wieder freudestrahlend den Zuschauern im Saal.

Rebecca hält, wie ich, ihre Hände vor dem Mund, die Augen weit aufgerissen. Isa wirkt nach wie vor erstaunlich ruhig, lediglich ihre Wangen sind leicht gerötet. Jetzt zeigt die Kamera die beiden in Großaufnahme. Logisch, man will natürlich jede klitzekleine Regung in ihren Gesichtern einfangen. Rebecca hat kleine Schweißperlchen auf der Oberlippe und Isas Augen glänzen fast unecht.

Ich hole tief Luft und merke dadurch erst, dass ich mit dem Atmen aufgehört habe. Es ist das erste Mal, dass ich mich nicht in meine Schwester hineinversetzen kann. Wie fühlt sie sich jetzt? Finn Holder ist zurzeit der angesagteste Schauspieler der Welt. Jetzt geht er direkt auf Isa zu, umarmt sie und gibt ihr einen Kuss auf die Wange. Dasselbe macht er bei Rebecca. Das Publikum kreischt und Maikemper hat Mühe, den Verlauf der Show wieder in den Griff zu bekommen. Als sich die Menge endlich einigermaßen beruhigt hat, fragt er Finn Holder, ob er eines der Mädels vorziehen würde.

Kurz wartet Holder auf die Simultanübersetzung in seinem Ohr, dann lacht er und scherzt: »Am liebsten möchte ich den Produzenten fragen, ob man Fanny nicht eine Zwillingsschwester andichten kann.« Dann erzählt er, was seiner Meinung nach Fanny Strauss für eine Frau gewesen war und dass beide Kandidatinnen viele dieser Eigenschaften mitbringen.

»Isa ...« Er macht eine Pause und legt einen Arm um Isa.

Oh Gott! Ich schaue mich um, als wäre ein Wunder geschehen und ein paar Freunde hätten sich im Wohnzimmer versammelt. Warum bin ich alleine? Verdammt noch mal. Ich platze vor Stolz und es ist furchtbar, diesen Moment mit niemandem teilen zu können. Isa lächelt und stiert auf Holders Schuhe. Was hat sie neulich bei Skype gesagt?

»Manchmal, wenn ich da stehe und die Scheinwerfer auf mich gerichtet sind und ich weiß, dass jetzt in fast allen Wohnzimmern mein Gesicht ganz groß zu sehen ist, muss ich sofort an was anderes denken, damit ich nicht durchdrehe.«

»Und an was denkst du dann?«, habe ich gefragt.

»Versprich mir, dass du nicht lachst!«

»Versprochen.«

»An dich.«

»An mich? Wieso das denn?«

»Weil ich dann ruhig werde. Is' eben so.«

Ich habe natürlich nicht gelacht. Im Gegenteil, ich hatte Mühe, den Kloß in meinem Hals runterzuschlucken.

Ich schaue in die krass leuchtenden Augen meiner Schwester und stelle mir vor, wie sie jetzt an mich denkt, wobei das kaum zu glauben ist. Kann man neben Finn Holder überhaupt denken? Auf jeden Fall wirkt sie erstaunlich gelassen, wenn man bedenkt, dass wohl 95% aller Mädchen unter 20 an Isas Stelle in Ohnmacht fallen würden. Und durch ihren ernsten Gesichtsausdruck sieht sie neben dem spitzbübischen Holder tatsächlich älter, nein, reifer aus.

»Isa«, wiederholt Finn Holder, »ist in meinen Augen ein absoluter Profi, sie ist ernsthaft und ehrgeizig. Das gefällt mir sehr. Rebecca ...« Jetzt legt er seinen anderen Arm um Rebecca, die ganz anders reagiert als Isa, viel extrovertierter. Sie legt ihrerseits einen Arm um Holder und lächelt ihn herausfordernd an. »Sie ist sehr lebendig und strahlt die positive Energie aus, die man Fanny nachsagt. Ich vertraue dem Publikum, dass es die richtige Wahl trifft, wobei es in diesem Fall keine falsche gibt.«

Professionell und diplomatisch, denke ich, obwohl ich definitiv gerne etwas anderes gehört hätte.

Maikemper fordert die Zuschauer auf, sich wieder zu setzen, die Kandidatinnen bräuchten 100%ige Ruhe für die vor ihnen liegende Aufgabe. Auf einer Nebenbühne ist bereits ein karges Kinderzimmer aufgebaut und Finn Holder geht mit den beiden Kandidatinnen hinüber. Dabei witzelt er was Unverständliches, was man erst bei der Simultanübersetzung versteht: »Ich bin der Glückliche, der jetzt mit euch beiden ins Bett darf. Ich liebe diese Show!«

Rebecca kommt als Erste dran. Ich knie mich auf den Boden ganz dicht vor den Fernseher und beschwöre alle irdischen und himmlischen Kräfte, dass sie einen oder besser mehrere Fehler macht.

Und ich werde erhört. Die 17-jährige Rebecca schwärmt Holder aus allen Poren an, wodurch sie überhaupt nicht wie eine große Schwester rüberkommt. Sie ist zu aufgeregt und fast tut sie mir leid in ihren Bemühungen, eine originelle Improvisation hinzulegen. Ich wette, die Mädels wurden nicht auf Holders Auftritt vorbereitet, das hätte Isa mir schließlich erzählt. Eigentlich ganz schön gemein, denke ich.

Jetzt kommt Isa. Mit einer kleinen Geste, die wahrscheinlich kaum jemand wahrnimmt, steckt sie Robbi unter ihren Gürtel und setzt sich anschließend auf den Bettrand. Sie findet zärtliche Worte für Levi und berührt ihn unbefangen und sanft. Es dauert nur Sekunden, bis Finn Holder sich in den jüngeren Bruder verwandelt. Zum Schluss singt Isa das Lied, das Papa uns immer vor dem Einschlafen vorgesungen hat. Wenn er das jetzt ... Ich schlucke.

Holder nimmt Isas Hand und macht die Augen zu. Ich könnte schwören, dass er kurz vor dem Einschlafen ist.

Als das Licht angeht und das Publikum in Begeisterung ausbricht, setzt Holder sich auf, beugt sich zu Isa, die neben ihm auf dem Bettrand sitzt, und flüstert ihr was ins Ohr. Isa lächelt. Und ich schreie vor Aufregung, Freude, Stolz ... Ich muss heute unbedingt noch mit ihr sprechen. Ich muss wissen, was Holder gerade gesagt hat.

Dann geht alles ganz schnell. Jens Maikemper bittet alle zurück auf die große Bühne, nennt für jede Kandidatin eine Telefonnummer und fordert die Zuschauer auf, jetzt zu wählen. In der Wartezeit werden Highlights aus den letzten vier Wochen gezeigt.

Schnell stimme ich mit meinem Handy für Isa.

Dann werden die Familien auf die Bühne gebeten. Es versetzt mir einen heftigen Stich zu sehen, wie verloren meine zwei Familienmitglieder neben der Riesenfamilie von Rebecca aussehen. Das sind acht Personen und es dauert eine Weile, bis Rebecca sie alle vorgestellt hat. Isa stellt Mama vor, von Papa sagt sie nichts, aber sie schaut lächelnd in die Kamera, winkt und sagt: »Meine Schwester ist zurzeit in Amerika. Hi Sophie!« Wieder rutscht mir ein kleiner Schrei raus und ich winke reflexartig zurück wie ein Kindergartenkind, das noch nicht zwischen Mattscheibe und Realität unterscheiden kann.

Ein Gong ertönt. Das Ergebnis ist da! Es erscheinen zwei riesige Balken auf der großen Leinwand hinten auf der Bühne, allerdings ohne Namen. Der Moderator gibt den Startschuss. Die Balken füllen sich grün, immer weiter, als würden zwei Schnecken von links nach rechts über die Wand kriechen und eine grüne Spur hinterlassen. Endlich bleibt eine stehen. Ein Raunen geht durch die Menge.

Die Mädchen werden abwechselnd in Großaufnahme gezeigt, wie sie gebannt auf die Balken schauen. Rebecca hält sich wieder die Hände vor den Mund, das scheint eine Angewohnheit von ihr zu sein, und Isa hat ihre Hände hinter ihrem Rücken verschränkt. Nur an ihrem schnellen Atem kann man ihre Aufregung erkennen. Jetzt bleibt auch der längere Balken stehen. Es gibt eine klare Siegerin. Der eine Balken ist etwa ein Drittel länger als der andere. Doch es stehen noch keine Namen an den Seiten.

Ich habe das Gefühl, in dieser ausverkauften Arena regt sich keiner mehr und man könnte die sprichwörtliche Nadel fallen hören. Die Kamera zeigt kurz eine Nahaufnahme von Finn Holder, der auch gebannt auf die Leinwand blickt.

Die Namen erscheinen.

Das Publikum hat es irgendwie schneller kapiert, denn ich höre schon die Jubelschreie, als ich erst ganz langsam registriere, dass meine kleine Schwester, Isa Mainhard, die Castingshow gewonnen hat.

Ich stiere auf den Bildschirm, sehe, wie Isa erst Rebecca kurz, dann Mama lang umarmt. Sehe, wie Finn Holder ihr während Mamas Umarmung von hinten auf die Schulter tippt, wie Isa sich von Mama löst, sich umdreht und in Holders weit ausgebreitete Arme sinkt. Das Publikum ist außer sich.

Plötzlich kommen mir völlig unvermittelt ganz komische Gedanken: Was wird das alles mit Isa machen? Es gibt so abschreckende Geschichten über ehemalige Castingshowgewinner. Weiß sie, dass sich spätestens in diesem Augenblick ihr Leben komplett ändern wird? Und was ist mit Mama?

Der WhatsApp-Ton holt mich aus meinen düsteren Gedanken. Eine Nachricht von Miri, einer meiner alten Schulfreundinnen.

Hey, deine kleine Schwester ist ja der Hammer. Bist du on?

Ich antworte nicht. Meine erste Nachricht für heute soll an Isa gehen. Also öffne ich unseren Chat und schreibe:

Glückwunsch, kleine Schwester! Ich bin so stolz auf dich! Bitte melden. Will deine Stimme hören und UNBEDINGT wissen, was Holder dir ins Ohr geflüstert hat.

Senden.

Videotagebuch – 28.05.

Da bin ich wieder. Eigentlich wollte ich viel öfter hier draufsprechen, aber das kann ich vergessen. Ich erlebe in letzter Zeit so viel, dass ich froh bin, wenn ich abends wenigstens noch zu meinen Stimmübungen komme.

Ich bin mit dem Castingteam an der Nordsee. Heute war ein krasser Tag. Wir mussten spielen, wie Fanny und ihr Bruder Levi zum ersten Mal in ihrem Leben das Meer sehen. Die sind ja von Franken mit irgendwelchen Kutschen nach Bremerhaven, das war damals fast eine Weltreise. Da konnte man nicht einfach mal so Urlaub am Meer machen, wie wir heute.

Die Rolle von Levi Strauss wird immer von verschiedenen Schauspielschülern gespielt. So wie ich das verstanden habe, kommt jede Woche ein anderer. Die verdienen sich dadurch ein bisschen Geld und wir gewöhnen uns nicht an einen bestimmten Typen. Der von dieser Woche ist total nett. Er geht auf die Schauspielschule in Essen. Da will ich auch unbedingt hin oder nach München.

Es klingt komisch, wenn ich das sage, aber ich glaube, ich war heute ziemlich gut. Das hatte zwar weniger mit meinem Talent als eher mit meiner Angst vor dem Wasser zu tun, aber egal. Ich hab die Schauspieltechnik angewendet, die uns der Mayer beigebracht hat.

Ach ja, das hab ich noch gar nicht erzählt: Am Samstag und Sonntag fing es sofort mit Schauspielunterricht an. Das war so was von geil. Das haben wir jetzt jedes Wochenende. Manche haben gemault, weil wir keinen einzigen freien Tag haben. Aber ich finde das super. Je mehr ich lerne, umso besser. Also, der Mayer, unser Schauspiellehrer, hat erzählt, dass man alle Emotionen in Energie umwandeln kann. Dabei ist es egal, ob sie negativ oder positiv sind. Wenn ich eine negative Emotion habe, verwandele ich die in Energie und kann damit sogar Freude ausdrücken. Krass, oder? Das haben wir auch geübt und ich habe das heute tatsächlich schon ansatzweise hingekriegt, habe meine Panik vor dem Wasser in Luftsprünge und meine Trauer in Lachen verwandelt.

Jetzt muss ich mich auf morgen konzentrieren. Da haben wir einen Dreh im Auswanderungsmuseum und Freitag ist die nächste Entscheidung. Ich soll viel Stimmarbeit machen, hat der Mayer gesagt. Meine Stimme sitzt noch nicht richtig. Das liegt an meiner Atmung, die muss ruhiger werden und darf nicht so flach sein. Er hat mir dafür ein paar Übungen gezeigt, die ich regelmäßig machen soll. Die eine geht so:

Pe-te-ke-pe-te-ke-pe-te-ke.

Hihihi ... Klingt komisch, was? Und dann immer schneller:

Petekepeteke.

Und jeder Konsonant muss vom Bauch rausgeschleudert werden. Moment, ich halt mal mein T-Shirt hoch, dann sieht man's besser. Vorher die Beine beckenbreit auseinander, Füße fest auf den Boden ... Achtung – so:

Pe-te-ke-pe-te-ke-pe-te-ke – petekepeteke ...

Samstag, 28.06., 07:00 Uhr (MEZ)

22 Uhr. Erschlagen krabbele ich unter meine Bettdecke. Die Nachbarn hatten mich gefragt, ob ich ihre Zwillinge sitten würde, und ich habe dankbar zugesagt. Erstens kann ich jeden Cent gebrauchen, zweitens wäre ich heute wahrscheinlich geplatzt, wenn ich allein geblieben wäre.

»Ist deine Schwester jetzt berühmter als Mary Poppins?«, hat mich Carrie, die kessere der beiden, gefragt.

»Klar«, habe ich geantwortet und gelacht.

In Deutschland ist es jetzt sieben Uhr morgens und Isa liegt sicher noch im Bett. Sie hat sich noch nicht gemeldet. Zu dumm, dass Mama sich weigert, sich ein internetfähiges Smartphone zu kaufen oder wenigstens ihren Computer in die Küche zu stellen, wo sie sich die meiste Zeit des Tages aufhält. Dann hätte ich wenigstens mit ihr skypen können.

Sie ist garantiert schon wach, egal wie spät sie gestern ins Bett gegangen ist. »Ein Hotelbetrieb ist wie ein Bauernhof. Ich muss die Gäste füttern wie der Bauer die Kühe«, sagt sie immer.

Und über das Festnetz kann ich Mama auch nicht anrufen, weil meine Familie hier in Amerika kein Festnetz mehr hat, wie viele Amerikaner mittlerweile. Kurz überlege ich, in den teuren Apfel zu beißen und sie über mein Handy anzurufen, lasse es dann aber, weil sie eh keine Zeit hat und ich außerdem hundemüde bin.

Das Klingeln meines Handys reißt mich aus dem Schlaf. Ich taste im Dunkeln nach dem Gerät und blinzele in das grelle Licht, um zu schauen, wer das mitten in der Nacht sein könnte. Auf dem Display lächelt mir Mama entgegen.

»Hallo!«, murmele ich noch etwas benommen.

»Hallo, Sophie. Entschuldige die Störung, aber Isa ist weg!«

Ich überlege kurz, was sie mir damit sagen will, finde aber keine Antwort und frage daher: »Was meinst du damit?«

»Sie ist nach dem Fest nicht nach Hause gekommen.«

Ich kann mir ein kurzes Lachen nicht verkneifen. »Sie wird irgendwo versackt sein nach der Feier. Das sei ihr doch mal gegönnt, nach allem, was sie in den letzten Wochen geleistet hat.«

»Ich habe kein gutes Gefühl.«

»Sie taucht schon wieder auf. Wie spät ist es bei euch?«

»Acht. Gleich kommen die ersten Frühstücksgäste. Sophie, ganz ehrlich. Sie hätte doch was gesagt.«

Das stimmt allerdings. Nach Papas Tod gab es in unserer kleinen Familie einen extrem engmaschigen Informationsaustausch. Wir konnten Mamas Ängste verstehen und haben deshalb immer sofort Bescheid gegeben, wenn wir ein paar Minuten zu spät kamen oder sich Pläne geändert haben.

Trotzdem!, denke ich. Dieses Wochenende ist doch die absolute Ausnahmesituation.

»Sie wird sich bald melden, Mama, bestimmt.«

»Ja, das hoffe ich auch. Rufst du an, wenn du was von ihr hörst?«

»Na klar. Du auch.«

»O.k.«, sagt Mama. Ihre Stimme ist belegt. »Die Gäste kommen. Schlaf weiter, Kind.«

»Bis später.«

Ich lege auf, setze mich hin und starre aus dem Fenster, wo ich nichts sehe außer Dunkelheit. Da werden Mama und ich wohl einiges dazulernen müssen, wenn wir von unseren Sorgen nicht aufgefressen werden wollen. Isa liegt seit gestern Abend auf einem Präsentierteller, ob wir wollen oder nicht. In ihrem Leben wird in den nächsten Monaten kein Alltag und garantiert nichts »Normales« stattfinden.

Mit meiner Nachtruhe ist es vorbei. Ich setze mich an den Schreibtisch und lasse den Computer hochfahren. Kurz darauf lachen mir Isa und Finn Holder entgegen. Ich habe vor dem Babysitten noch den verpassten Anfang der Show gesehen und danach das schönste Motiv als Hintergrundbild geladen.

Nach kurzer Suche finde ich dann tatsächlich einen merkwürdigen Eintrag über Isa in einem Online-Klatschportal:

Jeans-Schwester brennt mit Hollywoodstar durch

Isabel Mainhard, Gewinnerin der Castingshow Eine Schwester für Levi Strauss, *hat heute Nacht um 24 Uhr die Finalparty allein verlassen. Sie ist bis zum gegenwärtigen Zeitpunkt nicht zu Hause angekommen. Finn Holder, der zurzeit bestbezahlte Hollywoodstar, hat sich auf der Party Berichten zufolge äußerst intensiv mit Mainhard unterhalten. Er soll die Party kurz vor ihr verlassen haben. War das gestern in der Finalshow Liebe auf den ersten Bick, die Millionen Zuschauer miterleben durften?*

Ich habe keine Ahnung, was ich von diesen Zeilen halten soll. Um zwölf Uhr, also in vier Stunden, wird es eine Pressekonferenz geben, hat Isa mir erzählt. Wahrscheinlich werden die beiden spätestens da auftauchen. So ein Wahnsinn! Isa und Finn Holder ... niemals!

Ich krieche zurück in mein Bett und lese noch einmal ihre letzte Nachricht:

Noch 30 Minuten. Was auch passiert, ich werd's nicht überleben. Ich hab Angst. Luv ya, Isa.

Dann rufe ich Isa an und spreche ihr auf die Mailbox, dass sie sich bitte sofort melden soll, sobald sie meine Nachricht gehört hat.

Schließlich scrolle ich, wie fast jeden Abend, noch mal durch unseren Chat.

Wenn ich gewinne, kommst du mich bei den Dreharbeiten in NY besuchen?
Na klar.
Zeichen?
👍

Bescheuert, dass Isa andauernd nach dem Zeichen fragen muss. Wir haben uns irgendwann einmal geschworen, einander immer die Wahrheit zu sagen. Und irgendwie kam das Zeichen dazu, einfach so, keine Ahnung, wer auf die Idee kam. Wenn eine nach dem Zeichen fragt und die andere mit Daumen hoch antwortet, hat sie die Wahrheit gesagt. Und natürlich umgekehrt.

Ich beschließe irgendwann, es gut sein zu lassen, und lege mein Handy weg. Isa ist immer viel zu ernst und brav gewesen, ich sollte mich freuen, dass sie einfach mal über die Stränge schlägt, anstatt mir Sorgen zu machen. Mit diesem Gedanken fallen mir die Augen zu.

Wieder weckt mich mein Handy. Ich bin beim ersten Klingeln hellwach. Es ist 3:30 Uhr, also in Deutschland 12:30 Uhr. Pressekonferenz. Seit einer halben Stunde. Wieder erkenne ich Mamas Porträt auf dem Display.

»Mama?«

»Sophie. Hier ist Mama. Hat Isa sich bei dir gemeldet?«

»Nein. Warum? Ist sie noch nicht aufgetaucht?«

Eine Weile herrscht Schweigen am anderen Ende.

»Mama! Sag. Ist Isa nicht wieder aufgetaucht?«

»Nein. Die Polizei ist hier. Sie hätte um zwölf einen

Pressetermin gehabt, aber sie ist spurlos verschwunden.«

»Und Finn Holder?«

»Der ist da.«

»Und weiß er nicht, wo Isa ist?«

»Nein. Er ist die ganze Nacht alleine mit einem Taxi durch die Gegend gefahren.«

»Das gibt es doch gar nicht. Hast du es schon bei Jakob versucht?«

Stille. Ich höre ein Schluchzen, dann eigenartige Geräusche, schließlich eine fremde Männerstimme. Anscheinend wurde Mama das Telefon aus der Hand genommen.

»Frau Mainhard?«

»Ja?«

»Hier ist Kommissar Becker. Ihre Schwester hat sich also nicht bei Ihnen gemeldet?«

»Nein.«

»Wann denn das letzte Mal, wenn ich fragen darf?«

»Um 19:45 Uhr, deutsche Zeit«, antworte ich wie aus der Pistole geschossen und wundere mich, warum ich mir das gemerkt habe.

»War daran irgendetwas Außergewöhnliches?«

Ich lese ihm die Nachricht vor und sage anschließend: »Die ganze Situation war außergewöhnlich.«

»Herzlichen Dank. Bitte setzen Sie sich sofort mit Ihrer Mutter in Verbindung, sobald Sie von ihr hören.«

»Ja, natürlich, das mache ich.«

»Auf Wiederhören.«

Der Polizeibeamte legt auf, dabei hätte ich gerne noch mit Mama gesprochen. Ich liege wie gelähmt auf dem Rücken und starre an die Decke. Mein Herz rast und scheucht mich aus dem Bett. Ich stehe im Dunkeln meines Zimmers und habe keine Ahnung, was ich tun soll, hier am anderen Ende der Welt. Getrieben von einer inneren Unruhe putze ich mir die Zähne und räume gleichzeitig im Wohnzimmer meine Spuren von gestern weg. Dann setze ich mich an den Schreibtisch und werde auf der Suche nach neuen Schlagzeilen erschreckend schnell fündig.

Isa ist in Deutschland das Gesprächsthema Nummer eins. Alle Newsseiten sind voll mit wilden Spekulationen rund um ihr Verschwinden: Eifersuchtsmord, Kidnapping, Selbstmord ... Die Pressekonferenz ist abgesagt worden und Finn Holder und der amerikanische Produzent haben die Polizei um überdurchschnittliches Engagement gebeten, zur Not würden sie Kosten für Sondereinsätze übernehmen.

Scheiße! Was ist da los? Ich muss nach Deutschland – sofort. Während ich planlos ein paar Sachen in meinen Koffer packe, lasse ich im Hintergrund einen deutschen Radiosender laufen. Plötzlich kommt die Meldung, dass man ein Fahrrad, Isas Kleid, ihre Tasche und einen Abschiedsbrief am Ufer des Mains, ganz in der Nähe der Brose Arena, gefunden habe. »Die Polizei geht aufgrund der Indizien von Selbstmord aus.«

Nein!

Das ist nicht wahr. Ich halte mitten in der Bewegung

inne. Das passiert gerade nicht. Das ist ein Traum, ein Albtraum, mehr nicht. Gleich werde ich aufwachen, denke ich und setze mich auf meinen Bettrand.

Ich rieche die frisch aufgezogenen Laken, höre die Stimme im Radio, spüre meinen Herzschlag. Schrecklich real. Mir wird übel, also stehe ich auf und trinke ein Glas Wasser. Dann packe ich im Bad meine wichtigsten Sachen in den Kulturbeutel.

So ein Schwachsinn, denke ich. So ein absoluter Schwachsinn! Selbstmord durch Ertrinken? Niemals! Eher würde Isa in der Wüste vertrocknen als ins Wasser gehen. Schnell schaue ich nach, wie es auf meinem Konto aussieht, und überlege nicht lange. Es reicht genau für ein One-Way-Ticket. Über meine Rückkehr in die USA kann ich mir ein andermal Gedanken machen.

Ich suche mir die schnellstmögliche Verbindung und buche. Jetzt ist es vier Uhr. In drei Stunden geht mein Flug.

Videotagebuch – 03.06.

Oh Mann, ich sprech hier viel zu selten drauf. Aber die Zeit verfliegt so verdammt schnell. Außerdem ist es hier unten nicht gerade gemütlich. Ich übe nämlich zurzeit im Keller, weil ich mir die blöden Kommentare der anderen nicht anhören will. Sie finden, dass ich rumstreben würde. Vor allem Wiebke, diese Oberstänkerin. Sie ist eine giftspritzende Spinne.

Wann hab ich das letzte Mal draufgesprochen? Vor 'ner Woche, oder?

Ich bin auf jeden Fall eine Runde weiter! Jetzt sind wir nur noch acht. Marie ist draußen. Das hab ich mir gedacht. Sie hat die Sache nicht ernst genug genommen, hat sich jeden Abend die Nägel lackiert und telefoniert. Ich hab mit ihr eine Woche lang das Zimmer geteilt, deshalb weiß ich das so genau. Bea ist auch raus. Das hab ich nicht so ganz verstanden, die fand ich eigentlich gar nicht so schlecht. Aber das Publikum hat nun mal so entschieden.

Die erste Show war der Hammer. Die Halle war ausverkauft, es gab Scheinwerfer wie Sand am Meer und Zuschauer bis zum Horizont. Das war ein Schock, als ich zum ersten Mal auf die Bühne kam. Der Mayer hatte uns zwar vorgewarnt. Es würde drei Wände geben, die dich schützen, hat er gemeint, doch die vierte Wand, die Zuschauer, saugt die Energie ab wie ein Riesenstaubsauger. Das habe ich total gespürt, sobald ich da stand – schrecklich! Angeblich gibt es Techniken, mit denen man sogar daraus Energie ziehen kann, aber davon bin ich noch weit entfernt. Ich hab stellenweise echt fast komplett versagt. Na ja, zum Glück ist es den anderen genauso gegangen.

Die Show war am Freitag und am Samstag haben wir dann mit dem Mayer einige Stellen zusammen angeschaut und analysiert. Es ist wirklich unglaublich, an was für kleinen Nuancen man sofort spürt, ob ein Schauspieler in seiner Rolle ist oder nur so tut, als ob. Die Augen, die Sprache, die Hände, der ganze Körper signalisiert, wie sehr du deine Rolle ausfüllst. Der Zuschauer geht mit dir mit. Je konzentrierter und näher du an deiner Rolle bist, umso dichter ist auch der Zuschauer bei dir.

Heute haben wir den ganzen Tag Szenen in der Postkutsche gedreht. Am meisten nerven mich die Kleider bei den Temperaturen. Kaum zu glauben, dass die damals immer so viel anhaben mussten, selbst in der größten Hitze. Da lob ich mir unsere Klamotten heute und vor allem unsere klimatisierten Autos und ICEs. Bin echt total erschlagen und will gleich nur noch eine halbe Stunde Stimmübungen machen.

Aber eins muss ich noch erzählen: Ben ist mit im Team. Er war ein Klassenkamerad von Sophie. Das freut mich total. Er wollte immer schon was mit Journalismus und Fernsehen machen, hat aber irgendwie nie richtig damit angefangen. Und jetzt hat er einen Job bei *Levis Schwes-*

ter gekriegt. Der ist zwar nicht besonders aufregend, weil er halt immer rennen muss, wenn die Chefs was wollen, aber wer weiß, vielleicht ist es ja ein Einstieg. Ich freue mich auf jeden Fall, dass er da ist. Auf die Weise ist immer ein bisschen von Sophie um mich rum.

Und dann gibt es noch Nils. Er ist Kameramann und hat mir heute gesagt, dass er mich total gut findet. Vielleicht sagt er das zu jeder, aber ganz ehrlich – der schaut mich auch immer so an. Er macht mich irgendwie nervös – schön nervös ...

Jakob ist natürlich auch noch da. Aber das ist im Moment ein schwieriges Kapitel. Am liebsten würde ich es einfach wegschieben. Er beschießt mein Handy mit eifersüchtigen SMS, WhatsApp-Nachrichten, Anrufen ... weil ich mich nicht oft genug melde. Ich ruf ihn schon ab und zu an, aber es ist ihm zu wenig, sagt er. Er will mehr. Das ist doch bescheuert. Anstatt dass er mich unterstützt, setzt er mich unter Druck.

Okay, Schluss jetzt, ich muss üben. Also ...

Sonntag, 29.06., 15:00 Uhr

Völlig übermüdet biege ich in unsere kleine Gasse ein und schon an der Geräuschkulisse erkenne ich, dass etwas anders ist. Vielleicht versammelt sich gerade eine südländische Reisegruppe vor unserem Hotel. Die sind oftmals so laut, dass ihre Stimmen durch die engen mittelalterlichen Gassen hallen wie Hundegebell in der Nacht. Doch als ich um die Ecke komme, von der aus ich einen Blick auf den Eingang unseres Hotels habe, bleibe ich abrupt stehen.

Was sich da vor unserer Tür versammelt hat, ist keine Reisegruppe, sondern eine Journalistenschar – und zwar eine riesengroße. Sie stehen in Grüppchen, entweder ein Mikro oder eine Kamera in der Hand, und unterhalten sich, viele haben sich gegen die Hauswand gelehnt, warten, rauchen, telefonieren. Kaum zu glauben, dass zwei derart konträre Stimmungen eine Mischung ergeben können, aber diese Menschen strömen tatsächlich Sensationsgier und Langeweile gleichzeitig aus. Komisch, dass ich daran nicht gedacht habe. Isa ist natürlich zurzeit DIE Attraktion. Logisch, dass die Medien hinter jeder Neuigkeit herhecheln, und wo, wenn nicht bei uns zu Hause, finden sie sie am ehesten?

Ich beschließe, durch den Hintereingang ins Hotel zu

gehen, und kehre um, denn der ist auf der anderen Seite des Blocks. Es ist mühsam, den Rollkoffer über das Kopfsteinpflaster zu schieben, und außerdem tierisch laut. Also hebe ich ihn hoch und schleppe ihn um die zwei Ecken. Allein schon die Vorstellung, dass einer dieser Geier meine Ankunft bemerkt und sich dann auf mich stürzen würde, produziert mächtig Wut in meinem Bauch. Gut also, dass ich kurz darauf ungesehen vor dem alten Gartentor unserer Nachbarn ankomme. Routiniert fische ich den Schlüssel aus dem rostigen, stillgelegten Briefkasten und durchquere extrem vorsichtig den Nachbargarten. Die Timburs sind zwar nett und hilfsbereit, aber so laut, dass ihre Begrüßung durch die Gassen bis zum Dom hallen würde, wenn sie mich entdeckten. Zum Glück erreiche ich unbemerkt unseren Hinterhof und könnte jetzt einfach durch die immer offene Tür in unser Hotel treten. Ich lege meine Hand auf den geschwungenen, alten Eisentürknauf, aber schaffe es nicht, ihn runterzudrücken.

Vor genau 26 Stunden habe ich das Haus in Kalifornien verlassen und kaum geschlafen. Mein Herz schlägt mir bis zum Hals, und immer wenn ich in einem solchen Zustand bin, neige ich dazu loszuheulen. Ich habe keine Ahnung, was in der Zwischenzeit passiert ist, weil ich nur ein amerikanisches Handy habe und daher in den letzten Stunden keine Möglichkeit hatte, Mama zu sprechen. Vom Flughafen in San Francisco aus habe ich ihren AB erreicht und mein Kommen angekündigt. Das war der letzte Kontakt. Hinter diesen Mauern kann mich alles erwarten.

Durchatmen. Ich halte den Türknauf fest in meiner Hand. Das runde Eisen schmiegt sich wie eh und je in meine Handfläche und fühlt sich schmerzlich vertraut an. Endlich drücke ich es runter und trete vorsichtig in die dunkle, fensterlose Speisekammer.

Es ist Sonntag, 15:15 Uhr. Um die Zeit sind die Gäste meistens unterwegs und Mama fängt mit den Vorbereitungen fürs Abendessen an. Ich lausche, aber es ist nichts zu hören. Meinen Koffer stelle ich direkt neben den Eingang und dann tapse ich im Dunkeln zur Küchentür. Normalerweise tönt aus diesem Raum ununterbrochen ein geschäftiges Klappern, umso erdrückender ist jetzt die Stille. Ich öffne die Tür und sehe Mama auf einem Hocker sitzen. Sie hat mir ihren Rücken zugewandt und ich bekomme einen Schrecken. Sie sieht in sich zusammengefallen aus, ihr Rücken ist gebeugt und einen Arm hat sie auf die Spüle gelegt, als müsste sie sich stützen.

»Mama?«, sage ich leise und Mama fährt erschrocken herum.

»Isa ...«

Mit großen Augen blickt sie mich an und ihr Gesichtsausdruck wechselt innerhalb einer Sekunde von Hoffnung zu Enttäuschung und schließlich zu bedeckter Freude.

»Du!« Sie kommt mit ausgebreiteten Armen auf mich zu. Wir umarmen uns und ich muss daran denken, wie sich Mama vor zehn Monaten von mir verabschiedet hat. Sie kann mit einem einzigen Blick mein schlechtes

Gewissen aktivieren. Auch wenn sie es nie gesagt hat, hat sie ihre Enttäuschung über meine Entscheidung, zum Studieren nach Kalifornien zu gehen, auf allen nonverbalen Ebenen ausgestrahlt. Entsprechend ungelenk, ja fast steif, fiel unsere letzte Umarmung aus.

Mama löst sich schnell wieder, lässt ihre Arme sinken und sagt: »Schön, dass du da bist.«

»Was ist mit Isa?«

Mama schüttelt den Kopf.

»Ist sie noch immer verschwunden?«

»Ja.« Sie wischt sich mit dem Handrücken über die Stirn, eine vertraute Geste, die einen neuen Arbeitsschritt ankündigt, als würde sie mit dieser Bewegung den vorherigen aus ihrem Kopf wischen. Sie fängt an, die Spülmaschine auszuräumen, und ich helfe ihr dabei, denn ich weiß, dass es keinen Sinn macht, Mama vom Arbeiten abzuhalten. Sie arbeitet immer, egal was um sie herum passiert.

»Sie ist eine Maschine«, habe ich mit 15 oder 16 wütend zu Isa gesagt, als Mama mal wieder keine Zeit für mich hatte, obwohl ich sie dringend gebraucht hätte.

»Nein«, hat Isa geantwortet. »Sie liebt dieses Hotel und muss für zwei arbeiten.«

»Sie liebt ihre Arbeit mehr als uns.«

»Quatsch!« Isa fand das total lächerlich, was ich von mir gegeben hatte, und ich wusste, dass sie recht hatte, wollte es zu diesem Zeitpunkt aber absolut nicht zugeben.

»Hast du Hunger?«, fragt Mama.

»Nein danke. Ich hab im Flugzeug gegessen.«

»Soll ich heute Abend Königsberger Klopse machen, dein Lieblingsessen? Ich kann noch mal zum Einkaufen gehen.«

»Nein, nein, lass ruhig. Ich ... ich kann eh nichts essen. Wie weit ist denn die Polizei mit ihren Ermittlungen?«

Mama wischt sich die Hände an ihrer Schürze trocken und schüttelt den Kopf. »Ich glaube, sie machen nicht mehr viel. Sie haben den Brief gefunden, die Sachen am Main ...«

»Aber Isa ist nicht ins Wasser gegangen!«, sage ich und spüre die Tränen kommen. Verdammt, ich brauche Schlaf!

Mama antwortet nicht. Stattdessen macht sie den Kühlschrank auf und legt verschiedene Zutaten auf den Tisch. In circa drei Stunden werden die ersten Gäste zum Abendessen kommen. Das ist noch nie ausgefallen und wird es auch niemals, solange Mama lebt. Ich schaue ihr zu, wie sie anfängt, die Kartoffeln zu schälen. Auch dies ist ein schmerzlich vertrauter Anblick. Unser kleines Hotel hat sechs Doppelzimmer, die immer ausgebucht sind, weil es in fast jedem Reiseführer steht. Und wer auch noch von Mamas Küche gehört hat, verzichtet nicht auf die angebotene Halbpension.

»Ich geh mal rauf«, sage ich. »Muss mich kurz hinlegen.«

»Tu das, ich weck dich, wenn es Essen gibt.«

»Danke«, sage ich, gebe Mama einen Kuss auf die Wange und verlasse die Küche.

»Warte«, ruft sie hinterher. »Dein Zimmer ist vermietet. Ich wusste ja nicht, dass du kommst.«

Wow!, denke ich geschockt, sage allerdings: »Macht nichts«, obwohl es mir natürlich etwas ausmacht, sehr viel sogar, aber in meinem Zustand muss ich mich jetzt dringend davonmachen, sonst breche ich hier auf der Stelle zusammen. Und das will ich nicht. Nicht vor Mama, wir zwei könnten damit nicht umgehen, zumindest nicht jetzt.

Mama scheint mir meine Gedanken anzusehen, denn sie fügt entschuldigend hinzu: »Es tut mit leid, aber durch die Filmproduktion ist ganz Bamberg ausgebucht. Hier bei uns wohnen auch Filmmenschen. Die ganze Stadt ist im Ausnahmezustand.«

»Macht nichts«, sage ich noch einmal, diesmal etwas lauter, damit ich auch selber daran glaube. »Ich schlaf bei Isa.«

Mit diesen Worten verlasse ich die Küche, nehme meinen Koffer und gehe die Treppen nach oben in den zweiten Stock, wobei ich automatisch bei der letzten Treppe die vierte und zwölfte Stufe auslasse. Das hat sich fest in mein Hirn gebrannt, seitdem ich als Jugendliche nachts oft spät nach Hause gekommen bin und die Knarzstufen, wie Isa und ich sie nennen, vermeiden musste, damit Mama mich nicht hörte.

Isas Zimmertür ist zu. Erst jetzt wird mir klar, was ich da eben gesagt habe. In Isas Zimmer schlafen ... Das geht nicht. Niemals. Kurz überlege ich, ob ich mich auf Mamas Bett legen soll, zumindest bis zum Essen, damit ich wenigstens eine kurze Runde auftanke. Doch der Anblick, der sich mir hinter ihrer Zimmertür bietet, lässt mich erstarren. Mama ist ein extrem ordentlicher Mensch. Ihr Bett war immer sauber gemacht mit Tagesdecke, Kissenausklopfen und allem, was dazugehört. Auf dem Boden lag nie etwas, selbst das Buch auf dem Nachttisch schien stets bewusst ordentlich hingelegt worden zu sein. Das, was ich hier sehe, hat nichts, wirklich gar nichts mit Mamas Zimmer zu tun. Der Boden rund um das Bett ist mit zerknäulten Taschentüchern übersät, das Bett selbst ist ungemacht, Wäsche liegt überall im Raum und kreuz und quer auf den Möbeln, ein halb leeres Weinglas steht auf dem Boden. Ein Bild, wie Mama die ganze Nacht allein in ihrem Zimmer sitzt und versucht, die Realität wegzutrinken, drängt sich mir auf, eine unerträgliche Vorstellung.

Nein, hier kann ich auch nicht schlafen, denke ich und gehe zurück zu Isas Zimmer. Die Müdigkeit oder der Schock oder beides zusammen haben mein Blut in eine zähe Masse verwandelt, ich fühle mich schwer und dumpf. Jetzt einfach nicht nachdenken, denke ich und öffne die Tür.

Es haut mich fast um. Ich weiß natürlich schon vom Skypen, dass Isa sich von dem verdienten Geld ein paar Sachen für ihr Zimmer gekauft hat. Sie hat es mir sogar mit der Laptopkamera gezeigt, aber ich hab's vergessen und entsprechend erschrocken blicke ich in das mir völlig fremde Zimmer.

Das Himmelbett und der weiße, dicke Teppich sind die

größten Veränderungen, aber auch an den Wänden hängen neue Plakate, zwei natürlich mit Finn Holder. Das Bücherregal und ein Foto am Kopfende des Bettes sind geblieben. Auf dem Foto ist Isa zwei Jahre alt und ich bin acht. Es ist also 13 Jahre her, dass Papa es gemacht hat. Isas Eiskugel ist auf den Boden gefallen und deshalb halte ich ihr mein unversehrtes Eis unter die Nase. Sie sitzt im Buggy, ich stehe vor ihr und strecke meine Zunge weit raus, als wäre ich ihr Spiegelbild und müsste ihr zeigen, wie man ein Eis richtig schleckt. Sie liebt dieses Bild, schon immer, und ich liebe es auch.

Ich setze mich vor den neuen Acrylschreibtisch und betrachte das aufgeschlagene Fotoalbum. Es liegt da, als hätte Isa es sich gerade angeschaut, bevor sie das Zimmer das letzte Mal verlassen hat. Es sind Fotos aus der Show. Ich schlage das Album zu und fange an, es mir von Anfang an anzusehen. Viele Bilder kenne ich natürlich schon, weil Isa sie mir geschickt hat. Auf einem Gruppenfoto erkenne ich Ben. Einige Menschen sitzen um einen Tisch herum und mitten unter ihnen ist mein ehemaliger Klassenkamerad. Irgendwie ein komischer Anblick.

Ich blättere weiter und weiter und staune, wie sehr Isa sich im Laufe der letzten Monate verwandelt hat. Die Haltung, die Haare, der Ausdruck ... Sie ist aufgeblüht. Wie eine seltene, wunderschöne Blume.

Mir fallen die Augen zu. Ich lege mich auf Isas Bett. Es ist ein riesengroßes sonnengelbes Himmelbett, und wäre ich in einer anderen Verfassung, würde ich begeistert sein. Unter dem Fenster auf dem Bettrand erkenne ich das kleine Parfümfläschchen wieder, das Isa mir über die Webcam gezeigt hat. Jakob hat es ihr geschenkt, als er mit seinen Eltern für ein paar Tage zu den Großeltern gefahren ist. *Damit du mich wenigstens riechen kannst,* hat er gesagt. Ich greife nach der Flasche und halte sie mir unter die Nase. Zu süß, denke ich, stelle sie zurück und drehe mich auf die andere Seite, weg vom Licht, in der Hoffnung, ein bisschen entspannen zu können. Da blicke ich plötzlich in Papas lachende Augen. Schlagartig setze ich mich wieder auf.

Bilder von Papa und Gespräche über ihn waren tabu, das hatten wir uns vor Jahren geschworen, um dem Sog der Trauer zu entkommen, in den wir uns gegenseitig immer wieder reingezogen haben. Isa hat das Tabu also gebrochen.

Ich nehme das Bild in die Hand und betrachte es lange. Papa trägt seine Sonnenbrille in die Haare geschoben und prostet der Fotografin mit einem bunten Cocktail und einem umwerfenden Lächeln zu. Sofort passiert genau das, weshalb ich keine Fotos von Papa sehen kann: Die Bilder von damals schießen wie Giftpfeile durch meinen Kopf.

Isa leblos am Strand, kurz darauf Husten und ihr Zittern in meinen Armen. Papa leblos am Strand. Er hustet nicht. Er fängt einfach nicht an zu husten, obwohl die Sanitäter von der Wasserwacht alles tun, um Leben in seinen Körper zu pumpen. Gleich, gleich wird er aufstehen und irgendwas Beschwichtigendes sagen. Anders kann es gar nicht sein. Irgendwann höre ich die geflüsterten Worte: »Nichts mehr zu machen.«

Sie lügen. Ich weiß es. Gleich wird er aufstehen. Erst husten, dann aufstehen.

Videotagebuch – 04.06.

Die anderen Mädels reden schlecht über mich und das nervt mich. Angeblich bin ich zu ernst und eine Streberin. Ich frag mich, wie ich es sonst nehmen soll, wenn nicht ernst! Schließlich ist das die Chance meines Lebens, so eine kriegen die meisten Menschen nie und wir Kandidatinnen mit Sicherheit auch nur einmal.

Und dann sagen sie noch, dass ich mich anschleimen würde. Ich versteh das nicht. Ich hab denen nichts getan. Wahrscheinlich hänge ich einfach nur zu wenig mit ihnen ab, mach mein eigenes Ding, bin gern allein und übe eben jeden Abend. Das mögen sie nicht. Aber ich war noch nie ein Gruppentyp.

Ich ... ich denke übrigens in letzter Zeit mehr über Papa nach. Das hab ich noch nicht mal Sophie erzählt, hab mich nicht getraut. Aber ich will ihn nicht mehr wegdrücken. Er gehört zu mir. Alles gehört zu mir. Auch dieser schreckliche Tag und die Wochen danach. Es ist in mir. Schon immer gewesen. Und es war so anstrengend, nicht hinzuschauen, wenn es sich vor mir aufbaute wie ein Monster, und nicht hinzuhören, wenn es schrie. Ich will das nicht mehr. Sophie wird es verstehen, sie hat mich bisher immer verstanden. Mein Gott, sie fehlt mir so. Sie wüsste jetzt, wie ich mich den Schnepfen gegenüber verhalten sollte.

Rebecca hat mir erzählt, was so alles über mich gelästert wird. Sie meinte auch noch, dass ich vielleicht besser nicht bei den Drehs der anderen zuschauen sollte. HALLO? Wieso sollte ich das nicht tun? Gibt es eine bessere Chance zu lernen? Wie bescheuert wäre das denn, sie nicht zu nutzen? Die können doch auch bei mir zuschauen. Was mich aber am meisten ärgert, ist die Tatsache, dass es mich so ärgert. Warum scheiß ich nicht drauf? Sollen sie sich doch die Stimmbänder wundlästern, was geht's mich an? Ich konzentrier mich auf meine Arbeit. Ich will Schauspielerin werden, in andere Charaktere schlüpfen, in fremdes Denken, Fühlen, Leiden, will Geschichten erzählen, viele Geschichten.

Beim Schauspielunterricht am Wochenende ging es an einem Tag um die verschiedenen Formen von Sehnsucht und die dazugehörigen Körperhaltungen, Stimmungen, Ausdrucksweisen. Am liebsten hätte ich die ganze Nacht durchgemacht. Das ist es, was ich will! Ich wette, wenn die Geschwister Strauss auf alle Lästereien und schlechte Stimmungen gehört hätten, hätten sie ihren amerikanischen Traum auch nicht erfüllt.

Gut, dass wenigstens Ben da ist. Mit ihm habe ich heute meine Pause verbracht. Eigentlich ist er der Einzige am Set, bei dem ich mich wohlfühle oder – anders gesagt –, bei dem ich das Gefühl habe, einfach Isa sein zu können. Er unterstützt mich und sagt, dass er großen Respekt hat, weil ich so ehrgeizig bin. Davon könnte er sich eine Scheibe abschneiden, hat er gesagt. Süß, oder?

Sonntag, 29.06., 18:30 Uhr

Ich schaue auf die Blume in meiner Hand. Sie wächst, wird immer größer und größer. Ihre prachtvollen Farben blenden mich und ich muss die Augen schließen. Aber die Blume ist so schön, so wunderschön! Wenn ich sie nicht mehr sehen kann, will ich wenigstens ihren Duft einatmen. Also halte ich sie an meine Nase. Komisch, denke ich, sie riecht gar nicht! Und ich halte sie näher ... und noch näher ... Da durchzuckt mich plötzlich ein Schmerz, als hätte ich mit einem Messer in meine Nase gestochen. Erschrocken lasse ich die Blume fallen und höre ein Geräusch, als würde Glas auf einem Steinboden zerspringen. Ich blicke nach unten und sehe mein Blut auf Milliarden kunterbunte Blütensplitter tropfen. Die Blume war aus Glas, denke ich benommen. Sie war aus Glas! Wie konnte ich sie nur fallen lassen!

»Sophie!«

Jemand rüttelt mich.

»Sophie!«

Ich stöhne, es tut so weh. Meine Nase!

»Sophie, wach auf, die Polizei ist da.«

Polizei? Warum Polizei? Ich brauche einen Arzt!

»Sophie, bitte. Sie wollen mit dir sprechen.«

Ich öffne die Augen und habe keine Ahnung, wo ich bin. Erst als ich noch einmal meinen Namen höre, erkenne ich Mamas Stimme. Ich drehe mich um. Da ist sie, verschwommen, wie hinter einem Schleier. Ach ja, der Gazevorhang von Isas Himmelbett. Zu Hause. Mama. Isa ...

Ich bin sofort wach, setze mich auf und rubbele mir den Schlaf aus dem Gesicht.

»Polizei?«

»Ja. Ich habe ihnen gesagt, dass du gekommen bist, und jetzt wollen sie mit dir sprechen. Sie warten unten.«

»Okay.« Benommen krieche ich aus dem Bett. Ich hab höchstens zwei Stunden geschlafen und komme mir vor, als wäre mein Kopf in einen Schraubstock gezwängt. Ich schlüpfe in meine Jeans und klatsche mir im Badezimmer schnell zwei Handvoll Wasser ins Gesicht, dann gehe ich runter.

Die zwei Beamten sitzen im Speisezimmer am Familientisch, der direkt neben der Durchreiche zur Küche steht. Sie stehen auf, als ich komme.

»Sophie Mainhard?«, fragt der ältere der beiden und ich nicke, gehe auf den Mann zu und greife nach seiner hingestreckten Hand.

»Mein Name ist Becker und das ist mein Kollege Schweigart.« Er deutet auf seinen langen, schlaksigen, deutlich jüngeren Kollegen, dem ich ebenfalls zur Begrüßung die Hand schüttele.

»Entschuldigen Sie«, fährt Herr Becker fort. »Sie sind

sicher müde vom Flug, aber wir würden Ihnen gerne ein paar Fragen stellen.«

»Ja, gut«, sage ich und rutsche in die Bank an der Wand.

»Haben Sie in letzter Zeit Kontakt mit Ihrer Schwester gehabt?«

»Sie hat mir kurz vor dem Finale eine Nachricht geschickt, die habe ich Ihnen am Telefon schon vorgelesen. Als ich versucht habe zurückzurufen, ist sie nicht mehr rangegangen.«

»Darf ich die Nachricht trotzdem noch mal sehen?«, fragt Herr Becker.

Reflexartig greife ich an meine hintere Jeanstasche, erinnere mich dann aber, dass ich mein Handy gar nicht bei mir habe, weil die SIM-Karte in Deutschland nicht funktioniert.

»Sorry, ich hab's nicht hier, aber ich kenne die Nachricht auswendig«, sage ich. »Noch 30 Minuten. Was auch passiert, ich werd's nicht überleben. Ich hab Angst. Luv ya, Isa.«

»Hmmm«, brummt Becker. »Ganz normal, denke ich. Jeder Mensch würde vor so einem Auftritt Angst haben.«

»Haben Sie sonst noch etwas? Irgendeinen Hinweis, eine Auffälligkeit?«, will Herr Schweigart wissen.

»Nein«, sage ich. Die Beamten schauen mich eindringlich an, anscheinend in der Hoffnung, dass mir doch noch etwas einfällt, aber ich muss sie enttäuschen. Kommt noch hinzu, dass mein Gehirn weit davon entfernt ist, normal zu arbeiten. Ich habe in den letzten

48 Stunden kaum geschlafen. Zum Glück kommt Mama jetzt mit einer großen Kanne Kaffee und vier Tassen. Sie gießt sie voll und bereits der Geruch bringt mich ein wenig in Schwung.

»Wo sind eigentlich Isas Sachen und vor allen Dingen der Abschiedsbrief, den Sie am Mainufer gefunden haben?«, frage ich, nachdem ich einen großen Schluck Kaffee getrunken habe.

»Beides wird zurzeit noch untersucht. Eine Tasche war auch dabei. Sobald wir alle Laborergebnisse haben, melden wir uns, damit Sie die Sachen abholen können.«

Da fällt mir Isas Kamera ein.

»Meine Schwester hat ein Videotagebuch gemacht. Haben Sie zufällig eine Kamera bei ihr gefunden?«

»Nein, leider nicht. Die Castingkollegen haben auch danach gefragt. Aber die ist noch nicht aufgetaucht.«

»Haben Sie schon ihr Zimmer durchsucht?«, frage ich.

»Ja, natürlich«, mischt sich jetzt Herr Schweigart etwas barsch in das Gespräch, scheinbar pikiert darüber, dass ich so eine dämliche Frage stelle. Der Typ ist mir unsympathisch und ich schaue in meine dampfende Kaffeetasse.

»Also gut«, sagt er und steht auf. »Wir melden uns, sobald wir etwas Neues haben.«

»Was tun Sie denn nun, um Isa zu finden?«, frage ich Herrn Becker, der weiterhin am Tisch sitzt und Zucker in seine Kaffeetasse rührt.

»Die Wasserwacht ist rund um die Uhr damit beschäftigt, den Main abzusuchen.«

»Aber da ist sie nicht.«

Schweigart hat anscheinend eine Nachricht bekommen, zumindest fängt er an, im Stehen auf seinem Handy herumzutippen. Herr Becker schaut mich an und ich glaube, in erster Linie Mitleid in seinen Augen zu sehen. Das nervt mich. Ich will kein Mitleid. Ich will ernst genommen werden und dass man Isa überall sucht, nur eben nicht im Wasser.

Ich werfe Mama einen Seitenblick zu, weil ich mir wünsche, dass sie es den Polizisten erklärt. Sie hält ihre warme Tasse zwischen den Händen, als wäre nicht Hochsommer, sondern tiefster Winter. »Ich habe Ihnen schon den Grund genannt, warum Isa nicht ins Wasser gegangen sein kann«, sagt sie, als hätte sie meine Gedanken gelesen.

»Aber warum suchen Sie dann noch im Main?«, frage ich wieder an die Beamten gewandt.

»Frau Mainhard, es tut uns wirklich aufrichtig leid, was mit Ihrer Schwester passiert ist, aber alle Indizien sprechen dafür, dass sie es doch getan hat.«

»Was für Indizien?«

»Zeugen berichteten, dass sie in letzter Zeit nicht so gut drauf gewesen wäre, und es gibt den Abschiedsbrief.«

»Hast du den schon gesehen?«, frage ich Mama. Sie antwortet mit einem Kopfnicken, ohne mich anzusehen.

»Ist es ihre Schrift?«

Mama nickt wieder.

»Darf ich den Brief mal sehen?«

»Sobald der Schriftsachverständige mit seinen Untersuchungen fertig ist«, antwortet der Jüngere, während er sein Handy zurück in die Brusttasche steckt. »Wir sind gekommen, um Ihnen mitzuteilen, dass wir die Soko ›Isabel‹ jetzt erst einmal auflösen und die Wasserwacht suchen lassen.«

Pause. Ich blicke geschockt von einem Beamten zum anderen. »Was heißt das: Soko auflösen?«, frage ich, obwohl ich die Antwort schon weiß.

Der ältere stützt seine Unterarme auf die Tischplatte und beugt sich in meine Richtung. Er ist deutlich der empathischere von den beiden.

»Soko steht für Sonderkommission. Die haben wir aufgrund des hohen Bekanntheitsgrads von Isabel zusammengestellt. Normalerweise befragen wir bei Vermissten dieses Alters in den ersten Tagen lediglich Freunde und die Familie, manchmal geben wir noch eine Fahndung raus, mehr nicht. Denn die meisten Jugendlichen tauchen innerhalb von zwei Wochen wieder auf. Bei Isabel haben wir ausnahmsweise sofort das volle Programm aufgefahren.«

Ich merke, wie er mit seinen Händen immer weiter zu meiner rechten Hand rutscht und kurz davor ist, sie zu umfassen. Ertappt lege ich den Kaffeelöffel neben meine ausgetrunkene Tasse und höre mit dem nervösen Geklapper auf.

»Glauben Sie mir, wir haben alles versucht, sind mit Suchhunden und Hubschraubern los, haben Wärmebildkameras eingesetzt, unsere lokalen Rettungsdienste alarmiert ... und nichts gefunden.« Er räuspert sich und trinkt seinen Kaffee leer. »Wir haben alle Gäste von der Aftershowparty befragt. Es waren 200 Personen. Aber auch das leider vergeblich.«

»Was ist dabei rausgekommen? Warum ist Isa von der Party verschwunden?« Ich kann einfach nicht glauben, dass die Polizei derart im Dunkeln tappt. Ein Star, auf den 1000 Kameras gerichtet sind und der von Fans umzingelt ist, wie kann der plötzlich vom höchsten Glück in den Selbstmord abrutschen, ohne dass jemand etwas bemerkt?

»Wir wissen es nicht, wirklich nicht, Frau Mainhard.«

»Ich habe gelesen, dass sie lange mit Finn Holder gesprochen hätte. Worüber denn?«

»Über alles Mögliche. Mister Holder hat die Ernsthaftigkeit und Professionalität seiner neuen Kollegin betont und erzählt, dass sie erst über den Film, dann über die Schattenseiten des Berühmtseins gesprochen hätten. Es wäre sehr interessant gewesen, hat er gesagt. Er hat sich über die Geschehnisse äußerst bestürzt gezeigt.«

»Und?«, frage ich. »Könnte er etwas mit Isas Verschwinden zu tun haben?«

»Wir gehen davon aus, dass das nicht der Fall ist.«

»Mit wem hat sie an dem Abend noch gesprochen?«

»Mit sehr, sehr vielen. Aber keiner hatte einen Hinweis.«

Auf ein Zeichen von Herrn Schweigart steht nun auch Herr Becker auf und ich überlege fieberhaft, wie ich die beiden ermuntern könnte, noch mal von vorne anzufangen, den Radius zu erweitern oder irgendwas anderes auszuprobieren, was weiß ich, aber dann legt Herr Becker mir eine Hand auf eine Schulter und sagt: »Wir wissen nicht, was passiert ist, und warten jetzt erst mal die Ergebnisse der Wasserwacht ab.«

Mama nickt. Sie hat die Entscheidung der Polizei anscheinend akzeptiert. Ich nicht!

»Sie machen einen Fehler«, sage ich.

In dem Moment kommt das erste Gästepaar in das Speisezimmer. Mama steht auf und begrüßt sie herzlich. Unglaublich, wie sie ihren inneren Hebel bedienen kann. Sobald ein Hotelgast ruft, existiert nichts anderes mehr. Die Beamten verabschieden sich und verschwinden. Ich beobachte, wie sich das Gästepaar hinsetzt. Es sind Briten, das höre ich an ihrem Akzent. Mama geht nach hinten in die Küche. Normalerweise würde jetzt Isa neben mir sitzen, wir würden die Köpfe zusammenstecken und lästern und kichern und uns für jeden Hotelgast eine Lebensgeschichte ausdenken, wie wir es immer getan haben.

Ich halte es nicht mehr aus. Ich muss hier weg. Ich muss etwas tun. Ich muss Isa suchen. Nein, ich muss sie finden!

Sonntag, 29.06., 19:00 Uhr

Zum Glück steht mein Fahrrad hinten im Hof, sodass ich wieder durch die Hintertür raus und somit den Paparazzi entkommen kann. Wie ärgerlich, dass ich die Polizisten nicht darum gebeten habe, die Meute wegzuschicken. Das hätte ich ihnen wenigstens noch abringen können.

Ich setze mich aufs Rad und fahre zu Ben. Isa hat mir erzählt, dass er bei der Show arbeitet und dass sie sich gut verstehen. Er hatte in letzter Zeit durch die Produktion am meisten mit Isa zu tun. Einen besseren Ansprechpartner für den Einstieg gibt es nicht.

In der Hoffnung, dass seine Eltern mir sagen können, wo er jetzt wohnt, fahre ich zu der alten Adresse, die ich noch aus Schulzeiten kenne, als er, der Cleverste der ganzen Stufe, mir und meinen Freundinnen die naturwissenschaftlichen Fächer erklärt hat. Es ist eigenartig, durch die alten, vertrauten Straßen zu fahren. Und es ist so total anders als in Amerika. So klein, so niedlich und verwinkelt.

Zu meiner Überraschung macht Ben persönlich die Tür auf.

»Sophie!«, ruft er sichtlich erstaunt und tritt einen Schritt zurück in den Flur, als könnte er mit etwas Abstand meine Anwesenheit eher glauben. »Du hier?«

»Ja. Ich bin heute gekommen. Hatte keine Ruhe mehr in Amerika.«

»Das kann ich verstehen«, sagt er und nickt verständnisvoll. »Willst du reinkommen?«

»Ja, gerne. Da hab ich ja Glück gehabt, dass ich dich gleich antreffe.«

»Stimmt«, sagt er und tritt einen Schritt zur Seite, damit ich an ihm vorbei ins Haus gehen kann. »Bin grad erst vom Dreh gekommen und muss gleich noch mal weg.«

»Vom Dreh? An einem Sonntag?«, frage ich und registriere den Geruch. Obwohl ich nicht oft hier gewesen bin, kann ich mich noch gut an den Geruch erinnern. Bens Mutter wird Kräuterhexe genannt, weil sie Apothekerin ist und zusätzlich noch Tinkturen, Liköre und Salben aus Kräutern in einer eigens dafür eingerichteten Küche im Souterrain herstellt. Der Geruch der diversen Gärungsprozesse hat sich tief in das Gemäuer gefressen.

»Ja«, antwortet er. »Die Amis haben mich übernommen. Ist 'ne super Chance für mich. Und heute haben sie ausnahmsweise auch am Sonntag gedreht, weil ... weil ... Rebecca, also sie mussten ja Ersatz für Isa ... und da ...«

Er spricht nicht weiter und ich nicke, um ihm zu zeigen, dass ich verstanden habe. Ich versuche, den Stich zu ignorieren, den diese Information mir versetzt. Die Erde dreht sich nun mal weiter.

Automatisch steuere ich die Treppe nach oben in den ersten Stock an, wo Bens Zimmer war. Doch er hält mich am Ellbogen fest.

»Nicht nach oben. Ich wohne mittlerweile im Keller«, sagt er und ich folge ihm die Treppe nach unten, wo der Geruch fast unerträglich wird. Er öffnet eine Tür und wir betreten einen dunklen, muffigen und extrem unordentlichen Raum.

»'tschuldigung«, sagt Ben. »Ich habe keinen Besuch erwartet.«

»Macht nichts«, sage ich und schaue mich nach einem Sitzplatz um. Ben klaubt hastig ein paar Klamotten zusammen, die über einem Schreibtischstuhl hängen, und schiebt sie unter das Bett.

»Hier, setz dich.«

Ich frage mich, wie man freiwillig in so einem Loch wohnen kann. Es gibt einen schmalen Fensterschlitz, der von außen mit einem Gitter versehen ist. Das Fenster steht zwar auf Kippe, aber ich habe trotzdem das Gefühl, keine Luft zu bekommen. Sie fühlt sich zu dick zum Atmen an, vollgestopft mit Kräuterdämpfen, Staub, Kellermief und Jungsdreckwäscheausdünstungen. Zudem ist es ziemlich dunkel. Durch den Schlitz kommt nicht nur wenig Frischluft, sondern auch kaum Licht.

»Warum bist du hier runtergezogen?«

»Meine Eltern waren nicht gerade begeistert, als ich wieder zurückgekommen bin. Meine Mutter hat mein altes Zimmer schon für ihre Kräuterbehandlungen eingerichtet, mit Behandlungsliege, Sitzgruppe und so.«

Er lächelt müde und zwirbelt eine seiner roten Locken, die ihm in die Stirn baumeln, um seinen Zeigefinger.

»Was ist denn passiert?«

»Na ja …« Jetzt nimmt er eine andere Locke. »Viel, ehrlich gesagt, oder eben nichts, wie man sieht.«

»Hmmm.« Ich kann mich nicht so recht entscheiden, ob ich ihn auffordern soll, von seinem Leben zu erzählen oder lieber gleich von Isa.

»Du bist sicher nicht hier, um mit mir über mein Leben zu plaudern, hab ich recht?«, nimmt er mir die Entscheidung ab.

»Stimmt. Ich würde gerne mit dir über Isa sprechen.«

»Dachte ich mir. Was willst du wissen?«

»Alles.«

Ben hat sich auf seine Bettkante gesetzt, nachdem er einen gefühlten halben CD-Laden ans Fußende geschoben hat. Er fummelt ununterbrochen an seinem Pony herum und ich bemühe mich, seine Nervosität zu ignorieren, damit sie nicht auf mich abfärbt. Am liebsten würde ich seine Hand nehmen, um ihn zu beruhigen, aber das ist jetzt nicht der richtige Zeitpunkt.

»Viel kann ich dir auch nicht sagen«, fängt er an. »Sie war auf jeden Fall die Beste und hat zu Recht die Show gewonnen.«

»Hast du auf der Finalparty mit ihr gesprochen?«

»Ja, kurz, aber da war ich leider schon ziemlich betrunken«, antwortet er und schaut auf den Fußboden, während er weiter eine Locke zwirbelt. »Ich hab ihr gratuliert, daran erinnere ich mich noch. Und sie wirkte komisch auf mich, fahrig, irgendwie abwesend.« Er schiebt die Hände unter seine Oberschenkel. Anscheinend nervt ihn seine Nervosität selber.

»Hat sie dir irgendwas erzählt, was ihr Verschwinden erklären könnte?«

»Nein, leider nicht. Ich hatte ja wie gesagt zu dem Zeitpunkt schon zu viel getrunken. Wir haben uns in die Arme genommen, das weiß ich noch. Wir mochten uns. Also nicht das, was du jetzt vielleicht denkst, wir mochten uns einfach. Aber ich erinnere mich noch, dass es sich nicht gut anfühlte. Also schon, natürlich, aber sie war irgendwie traurig. Danach ist sie dann aufs Klo gegangen.« Er macht eine Pause, faltet seine Hände und drückt sie so kräftig vor der Brust nach vorne, dass die Knochen knacken. Das konnte ich früher schon nicht leiden und ich verziehe demonstrativ das Gesicht.

»'tschuldigung, das mochtest du früher auch schon nicht«, sagt er.

»Klingt halt gruselig.«

»Ist 'ne doofe Angewohnheit.«

»Und dann?«

»Nichts mehr. Danach hab ich sie nicht mehr gesehen. Ich bin dann auch irgendwann gegangen.«

»War Jakob auf der Party?«

»Nein. Mit dem hatte sie ziemlichen Stress, das hat sie mir selbst erzählt. Und ich hab sie am Finalabend sogar noch gefragt, wo er ist, weil ich seinen Namen auf der Gästeliste gesehen habe. Er ist aber nicht gekommen.«

Während Ben sein Handy aus der Hosentasche holt und etwas zu suchen scheint, überlege ich, was Isa mir alles über Jakob erzählt hat. Ich habe ihn nie kennengelernt, weil die beiden erst zusammengekommen sind, nachdem ich weg war. Er ist lieb, sanft, sehr romantisch, er liest ihr alle Wünsche von den Lippen ab ... *Er ist meine erste große Liebe,* hat sie gesagt. An den Satz kann ich mich 100%ig erinnern, weil ich mich total für sie gefreut habe. Aber Ben hat recht, in letzter Zeit hat Isa kaum noch von Jakob gesprochen.

»Kennst du ihn?«, frage ich Ben.

»Wen? Jakob?«

»Ja.«

»Nein, nie gesehen. Isa hat die Castingshow sehr ernst genommen. Sie hat vom ersten Tag an hart an sich gearbeitet. Privatleben gab es für sie nicht. Hier, so sah sie aus, als ich sie das letzte Mal gesehen habe.« Er reicht mir sein Handy.

Ich kenne natürlich Aufnahmen von der Party aus dem Internet, trotzdem tut mir dieses Lächeln weh.

»Hast du das aufgenommen?«

»Ja.«

Ich bilde mir ein, Stolz in seiner Stimme zu hören. Das erinnert mich an die schreckliche Geschichte, die ich mal mit Ben und diesem widerlichen Florian erlebt habe. Wie war das noch mal ...

»Isa war die Beste«, holt Ben mich aus meinen Gedanken zurück. »Ist logisch, dass sie gewonnen hat.«

»Sieht so eine aus, die kurz darauf Selbstmord begeht?«, frage ich.

»Das Bild täuscht. Isa hat in letzter Zeit selten so gelächelt.«

»Weißt du, warum?«

»Sie war so sensibel, hat sich immer über das Gerede aufgeregt, das von ihr im Umlauf war.«

»Welches Gerede?«

»Dies und das. Wie das eben so ist, wenn man berühmt ist. Sie sei zu dick, zu ernst, nicht hübsch genug, zu wortkarg in Interviews, was weiß ich. Die anderen Mädels mochten sie nicht, weil sie angeblich eine Schleimerin sei. Das stimmte aber nicht. Sie war einfach nur ehrgeizig. Und dann gab's da ja auch die große Titelstory über den Tod von eurem Vater.«

Mir stockt das Blut in den Adern.

»Wann? Wo?«

»So vor 'ner Woche ungefähr. Musst du mal recherchieren, ich hab den Artikel leider nicht hier. Auf jeden Fall wirkte Isa ganz schön geknickt seitdem.«

Ich schaue wieder auf sein Handy, doch das hat sich in der Zwischenzeit auf Standby geschaltet und zeigt nur noch ein schwarzes Display. Natürlich, es gibt Zeitungen, die nur darauf aus sind, Schmutzgeschichten von Stars ans Tageslicht zu befördern. Wie entsetzlich! Ich muss an diesen Artikel rankommen. Und ich muss zu Jakob. In dem Moment fällt mir wieder die Kamera ein.

»Sag mal, weißt du, wo Isas Kamera sein könnte? Ich weiß, dass sie ein Videotagebuch geführt hat, aber die Kamera scheint unauffindbar.«

»Nee, sorry. Die Polizei hat mich auch schon gefragt. Isabel hat damit stundenlang geprobt. Ich war sogar manchmal dabei, durfte die Kamera halten, damit sie mehr Bewegungsfreiheit hatte. Aber ich weiß nicht, wo das Ding ist, leider.«

»Okay«, sage ich und stehe auf. Ich will gehen, muss ins Bett, endlich eine Runde schlafen, aber vorher will ich noch wissen, warum Ben dieses Leben führt.

»Wieso bist du wieder zu deinen Eltern zurück?«, frage ich, als ich schon an der Tür stehe.

»Ach komm, lassen wir das.«

»Nein, ich würde es wirklich gerne wissen«, insistiere ich. »Du warst der Intelligenteste von uns allen.«

Ben fängt an, seine Handflächen auf den Oberschenkeln auf und ab zu reiben, als würde er an den Beinen frieren.

»Das ist schnell erzählt. Absagen von allen Journalistenschulen, Schluss mit Freundin, alle ehemaligen Freunde haben irgendwas angefangen, nur ich nicht. Dann kam das Loch, dann die Spielsucht, dann die Schulden. Das ist die ganze Geschichte.«

»Und der Job bei der Castingshow?«

»Das war gut, dass das geklappt hat. Ich hab eine Anzeige in der Zeitung gefunden ... na ja ... hab mich beworben und tatsächlich den Job bekommen.«

»Super«, sage ich.

»Ja, super. Ist natürlich ziemlich viel zu tun und jetzt noch die zwei Wochen mit der internationalen Crew, da ist Stress angesagt. Aber es gibt gutes Geld. Morgen sogar noch mehr, da haben wir bis 22 Uhr Nachtdreh.«

»Aha«, sage ich und spüre einen Kloß im Hals. Aber eine Frage muss ich trotzdem noch stellen: »Wie macht sich denn Rebecca als Fanny Strauss?«

Ben schaut mich von seiner Bettkante aus an. Er ist unsicher, weiß nicht, was er sagen soll. Das sehe ich an seinen Augen, die unruhig mein Gesicht absuchen. Sofort tut es mir leid, dass ich ihn mit dieser provokanten Frage in die Enge getrieben habe, schließlich kann er nichts dafür.

»'tschuldigung«, sage ich deshalb. »Ich will die Antwort eigentlich gar nicht wissen.«

Sonntag, 29.06., 20:30 Uhr

Ich sitze wieder auf meinem Fahrrad. Meine Erschöpfung hat einen Grad erreicht, den ich niemandem, mich eingeschlossen, mehr zumuten kann, und so beschließe ich, nach Hause zu fahren und morgen erst mit Jakob weiterzumachen. Kommt noch hinzu, dass ich keine Ahnung habe, wie er mit Nachnamen heißt, geschweige denn, wo er wohnt.

Obwohl es langsam zu dämmern beginnt, ist es noch sommerlich warm. Als ich an der Unteren Brücke ankomme, muss ich absteigen. Sie ist völlig überlaufen. Also schiebe ich mein Rad durch die Menge und wundere mich, dass alles wie immer ist, als hätte sich die Welt nicht komplett geändert. Überall sitzen kleine Studentengrüppchen auf der Mauer oder dem Steinboden, rauchen, quatschen und lassen Alkoholflaschen kreisen. Die Touristen gehen, stehen, sitzen herum, Eis essend, sich küssend, laut gestikulierend, verträumt staunend über die kleine Stadt der Superlative mit ihren 24 Kirchen, 49 Kapellen, sieben Hügeln und neun Brauereien, womit sie die höchste Brauereidichte weltweit hat. Alle sprechen davon, dass Bamberg wegen der Filmproduktion im Ausnahmezustand sei, aber ich erkenne keinen Unterschied. Bamberg ist in den warmen Monaten immer im Ausnahmezustand. Ich lehne mich an die Brüstung und blicke nach rechts zu den malerischen Fischerhäusern. Es ist schön hier, wunderschön.

Ich muss an Ben denken und frage mich, wie so viel Intelligenz in einem derart gruseligen Kellerloch verkommen kann. In dem Moment kommt es wieder, dieses Bild von damals, mit Florian, diesem Megaarschloch, der in der Elften in unsere Klasse kam und sich sofort auf Ben eingeschossen hat. Ein brutaler Typ war das. Keine Ahnung, was er alles mit ihm gemacht hat, es hatte ja keiner richtig Kontakt zu Ben, dem Eigenbrötler. Aber wir wussten, dass er unter ihm litt, und haben trotzdem weggeguckt, aus Angst. Ich krieg das Grauen, wenn ich an unsere Feigheit von damals denke. Doch dann bekam ich meine Chance.

Es fing mit einem Deutschaufsatz an, ich erinnere mich noch genau. Ben musste seinen vor der Klasse vorlesen, weil er mal wieder der Beste war, wie in allen Fächern. Florian hat das mit seinem Handy aufgenommen. Und ich hab zufällig mitgekriegt, wie er Ben einen Tag später damit erpresst hat. Die Jungs haben nicht gesehen, dass ich neben den Spinden im Schatten stand. Noch heute höre ich Florians Stimme. Hätte sie eine Farbe, würde sie silbern glänzen wie eine Messerklinge.

»Pass mal auf, Schlaumeier, du gibst mir jetzt die 100 Kröten, die du in deiner Hosentasche hast, und dann werde ich das Filmchen nicht ins Netz stellen.«

»Mach doch. Ist mir egal«, hat Ben geantwortet. Hätte seine Stimme eine Farbe, wäre sie fast durchsichtig, höchstens ein bisschen beige.

Ich hatte die Erpressung zuerst gar nicht kapiert. Was sollte Ben dagegen haben, wenn sein hervorragender Aufsatz über Schillers *Räuber* im Netz stünde?

»Glaub bloß nicht, dass die Leute dein langweiliges Gelaber zu hören kriegen«, sagte Florian, als hätte er meine Frage gehört. »Der Text ist schon fertig, willste hören?« Kurz darauf schepperte der typisch blecherne Klang eines Handylautsprechers durch den Gang. Musik und ein gerappter Text, von dem ich nicht viel verstanden habe, nur dass es um Ben, Schwule, Schwänze und um seine Mutter, die Kräuterhexe, ging. Mir wird heute noch übel, wenn ich daran denke. Irgendwann kriegte Florian dann einen seiner berüchtigten Lachanfälle. Widerlich! Und dann konnte ich sehen, wie Ben Florian das Geld gab. Er und ich wussten beide, dass der Text trotzdem im Netz landen würde, wie so vieles vorher auch.

Am gleichen Abend, diesen Glücksfall hat mir ein Engel eingefädelt, waren Florian und ich im selben Club. Zufällig natürlich. Ich wäre lieber zu Hause geblieben, als außerhalb der Schule die gleiche Luft zu atmen wie der. Aber dann war es doch ein Segen, denn als er völlig besoffen damit beschäftigt war, ein Mädchen anzumachen, ist es mir gelungen, ihm das Handy aus der Arschtasche zu ziehen. Niemand hat's gemerkt.

Zitternd habe ich auf dem Klo gesessen und mir die widerlichen Fotos und Videos angeschaut. Ich wusste sofort, dass ich hiermit viele Beweise für eine Menge

Verbrechen in der Hand hielt. Auch Bens Räuberaufsatz habe ich gefunden und diesmal konnte ich jedes einzelne Wort des Raps verstehen, den Florian über die Bilder gelegt hatte, weil ich mir die Lautsprecher dicht ans Ohr gehalten habe. Bens Charakterzüge wurden wie Monster präsentiert, aggressiv, demütigend, als sei Intelligenz ein ekliges Ungeziefer und Fleiß ein Verbrechen. Ich hasste Florian und mir war klar, dass ich diese eine Chance nutzen musste. Noch in derselben Nacht habe ich das Handy zur Polizei gebracht, allerdings anonym, aus Sorge vor Florians Reaktion. Das war das Beste, was ich je gemacht habe. Zwei Tage später war er verschwunden. Baff! Keine Ahnung, wohin, aber auf jeden Fall weg.

Ich weiß noch, wie ich mir auf dem Weg zur Polizei den Wunschtraum ausgemalt habe, dass Ben es Florian eines Tages heimzahlen würde, weil er wegen seiner Intelligenz und seines Fleißes mal als Polizeipräsident oder Bundeskanzler über Florians Schicksal entscheiden würde.

Aber wenn er so weitermacht, wird daraus nichts, denke ich und frage mich, was wohl aus Florian geworden ist. Ich blicke auf, als rechnete ich damit, dass er jetzt aus der Menschenmenge heraus auf mich zutritt. Zum Glück ist das nicht der Fall. Ich stoße mich von der Brüstung ab und mache mich auf den Heimweg.

Zu Hause finde ich einen Zettel von Mama auf dem Familientisch.

Bin schon im Bett. Ich lass dich morgen ausschlafen. Schön, dass du da bist. M.

Ich schleppe mich hoch in den zweiten Stock und schaffe es gerade noch, mich auszuziehen und die Zähne zu putzen, bevor ich in einen komaartigen Schlaf falle.

Videotagebuch – 11.06.

Yeah! Wir haben seit heute Einzelzimmer. Nachdem Marie draußen war, musste ich mir mit Wiebke eins teilen. Das war echt der Hammer. Nie wieder. NIE WIEDER! Die Frau hat so was von einem Schaden! Heute Morgen haben plötzlich Rita und Angel in unserem Zimmer gestanden. Wiebke sollte ihren Schrank und die Taschen öffnen. Ich hab gedacht, ich traue meinen Augen nicht. Ihr Koffer war voll von diesen kleinen Kaffeepads, diesen Dingern, die man in die Kaffeemaschine steckt und die haufenweise beim Frühstücksbuffet rumliegen. Ich hab erst wegen Ritas Gesichtsausdruck kapiert, dass Wiebke die Teile geklaut hat. Was hat sie sich dabei gedacht? Wir verdienen so viel Geld hier, die kann man sich doch einfach kaufen, oder? Krass. Die hat mächtig Stunk gekriegt. Hinterher hat sie mich dann beschuldigt, dass ich das der Jury verpetzt hätte. Dabei hab ich ihre Klauaktion noch nicht einmal mitbekommen, geschweige denn irgendjemandem erzählt. Angeblich hätte ich in ihrer Abwesenheit ihre Taschen durchgewühlt. Das muss man sich mal vorstellen. Als ob mich interessieren würde, was sie in ihrem Schrank oder in ihren Taschen hat. Außerdem bin ich keine Petze, noch nie gewesen, und noch nicht einmal diese bescheuerte Wiebke wird eine aus mir machen!

Rita hat das mitgekriegt und beschlossen, dass wir ab jetzt alle Einzelzimmer bekommen. Halleluja, bin ich froh, dass ich die los bin. Als wir das Zimmer verlassen haben, hat Wiebke mir zugeflüstert: »Das wirst du mir büßen!« Wie in einem schlechten Horrorfilm, echt. Wir haben den ganzen Tag kein Wort mehr miteinander gesprochen, was spannend werden kann, weil wir in den nächsten Tagen bestimmt wieder gemeinsam vor der Kamera stehen müssen.

Sonntag und Montag hatten wir sogar mal zwei Tage frei wegen Pfingsten. Wir durften alle nach Hause fahren. Ich habe einfach nur gemütlich bei Mama im Hotel rumgehangen. Jakob ist auch gekommen. Mal abgesehen von seinen Sticheleien, dass ich zu wenig Zeit für ihn habe, war es total schön. Er liebt mich so – und das ist mir halt noch nie passiert.

Gestern ging's dann weiter. Jetzt zählt alles. Wir sind nur noch sechs Kandidatinnen. Da muss jede Emotion auf Knopfdruck kommen, jede Bewegung stimmig sein. Für diese Woche hat die Produktionsfirma eine Wohnung gemietet und so hergerichtet, als wären wir im 19. Jahrhundert. Wir drehen Szenen, wie Fanny putzt, näht, ihrer Mutter beim Kochen hilft und so weiter. Am Wochenende haben die Leiterin vom Levi-Strauss-Museum und der Mayer mit uns Fannys Charakter erarbeitet. Sie war anscheinend ein ernster und ehrgeiziger Typ, was mich natürlich total freut, denn ich scheine ihr am ähnlichsten zu sein. Aber die anderen strengen sich mittlerweile genauso an wie ich. Leider haben sie jetzt auch gemerkt, dass man nur mit harter Arbeit ans Ziel kommt. Jede sieht sich schon als Siegerin und die Panik, es nicht zu werden, wächst täglich.

Montag, 30.06., 06:30 Uhr

Ein Klingeln reißt mich aus dem Tiefschlaf. Es riecht nach ... ich kann es nicht einordnen, irgendwie fremd. Und der Schleier, was ist los? Das Klingeln ... Es dauert eine Weile, bis ich kapiere, dass ich zu Hause in Isas Bett liege und ein Wecker klingelt. Und es dauert eine weitere Weile, bis ich den Wecker endlich finde und ausstelle. Erschöpft sinke ich zurück ins Kissen. Jeden Morgen, außer sonntags, egal ob vor der Schule oder Uni, sind Isa und ich um 6:30 Uhr aufgestanden und haben Mama bei den Frühstücksvorbereitungen geholfen. Es gibt keinen Grund, das heute nicht zu tun, auch wenn sie geschrieben hat, dass ich heute ausschlafen sollte. Ich wasche mich notdürftig, ziehe mir Jeans und ein T-Shirt über und gehe runter. Aus der Küche ertönt schon das vertraute Geklapper, aber ich schaue erst vorsichtig durch den Haupteingang, ob der nach wie vor von Journalisten belagert wird. Tatsächlich. Da stehen und sitzen sie, ihre diversen Aufnahmegeräte wie Pistolen entsichert in den Händen, bereit für den besten Schuss. Schnell schließe ich die Tür wieder, gehe ins Speisezimmer und begrüße Mama, indem ich meinen Kopf durch die Durchreiche in die Küche stecke.

»Hi Mum.«

»Hallo, mein Kind. Schön, dass du mir helfen kommst.«

»Was machen wir mit diesen Journalisten? Stören die dich nicht?«

»Ach die. Nein, die stören mich nicht mehr. Ich habe ihnen Hausverbot gegeben, das halten sie ein. Alles andere ist mir egal.«

»Und was sagen die Gäste?«

»Zurzeit sind zum Glück nur Stammgäste da. Sie sind informiert und verhalten sich vorbildlich.«

Tough, denke ich und nehme die Teller, die Mama bereits in die Durchreiche gestellt hat.

»Es sind zwei Teller zu viel.«

»Nein, ich hab dein Zimmer doch auch vermietet. Da wohnen die Kretschmers. Die kommen bestimmt gleich runter, sind immer die Ersten. Deck für sie an unserem Tisch.«

»Kretschmers? Kenn ich die?«, frage ich, weil mir der Name irgendwie bekannt vorkommt. Die zwei Teller stelle ich gleich neben die Durchreiche.

»Das sind Rebecca und ihre Mutter.«

»Welche Rebecca?« Ich verteile das Besteck auf allen Tischen.

»Die aus der Castingshow«, höre ich Mama antworten und meine im selben Moment, mich verhört zu haben.

»Aber nicht DIE Rebecca, die jetzt Fanny Strauss anstelle von Isa spielt«, entgegne ich und komme mir gleichzeitig bescheuert vor, die Frage überhaupt gestellt zu haben, so undenkbar ist die Vorstellung.

»Doch. Hier, legst du bitte die Tischdecke auf den Buffettisch. Das mach ich neuerdings immer, die Platte sieht mittlerweile so schäbig aus.«

Aber ich kann mich nicht mehr regen, bleibe wie schockgefroren in der Mitte des Speisezimmers stehen, die Hälfte des Bestecks in der Hand, und schaue Mama fassungslos an. Sie meidet meinen Blick, legt mit betont beiläufiger Geste die frisch gebügelte Tischdecke auf die Durchreiche und verschwindet in den Tiefen ihrer Küche.

»Warum wohnen die hier?«

Keine Antwort.

Lauter: »Mama, warum wohnen die hier?«

Mama stellt die Käseplatte neben die Tischdecke und stützt ihre Hände auf die Durchreiche.

»Nicht so laut, sie könnten dich hören.«

»Na und? Los, sag schon.«

»Was hätte ich denn tun sollen? Die mussten doch mit den Dreharbeiten anfangen. Da geht es um Millionen, und als die Polizei das mit Isas Selbstmord veröffentlicht hat, da ...« Sie stockt.

»Ich weiß selber, dass sie mit dem Drehen angefangen haben. Aber warum wohnt Rebecca hier?«

»Weil sie nicht von hier kommen, also ein Hotelzimmer brauchten, und ganz Bamberg ausgebucht ist. Deshalb.«

Ich kann mich immer noch nicht bewegen. Mein Körper steht stocksteif da, nur in meinem Kopf tobt ein Tornado.

»Hast du es ihnen angeboten?«

»Nein, sie haben mich gefragt. Die beiden haben auch in der Nacht zum Finale hier gewohnt. Daher wussten sie, dass dein Zimmer frei war.«

»Und du hast Ja gesagt.« Das war keine Frage, sondern eine Feststellung.

»Was hätte es geändert, wenn ich Nein gesagt hätte«, antwortet Mama und verschwindet wieder in der Küche. Kurz darauf kommt sie mit der Wurstplatte und dem Eierkörbchen zurück.

Ich setze mich an den Familientisch, direkt an den frisch gedeckten Kretschmer-Platz. Ich darf ihr nicht begegnen, nicht bevor ich mir eine Reaktion ausgedacht habe, denke ich, bleibe allerdings wie gelähmt sitzen. Und da tritt eine Frau in das Speisezimmer, gefolgt von einer Duftwolke, die binnen Sekunden die ganze Luft verändert. Es riecht blumig, frisch, wichtig.

Alles an ihr ist rund: der Kopf, die Nase, die Augen, der Körperumfang. Sie hat lange Haare und ein unglaublich breites, mit einem dunkelroten Lippenstift stark betontes Lächeln. Es ist Rebeccas Mutter. Ich erkenne sie als eines der vielen Familienmitglieder, die kurz vor der Entscheidung auf der Bühne gestanden haben. Sie hatte es geschafft, ständig in Großaufnahme gezeigt zu werden, und auch etwas ins Mikro gesagt.

»Guten Morgen«, flötet sie und setzt sich direkt neben mich. Klar, ich sitze ja auch auf ihrem Platz oder auf Rebeccas, auf jeden Fall sitze ich falsch. Ich, noch immer Besteck für die anderen Tische in der rechten Hand, antworte nicht. Aber ihr Kommen hat meine Starre gelöst.

Ich stehe auf, lege das Besteck auf die Durchreiche und sage: »Ich bin weg.« Doch ich komme nicht weit, denn im Türrahmen stoße ich fast mit Rebecca zusammen. Wir blicken uns kurz in die Augen, sagen zwar nichts, aber wenn Blicke sprechen könnten, wäre dies der totale Chaosdialog geworden. Sie hat mich erkannt, war aber so weise, ihre Ratlosigkeit und ihre Scham in Schweigen zu hüllen.

»Bist du Sophie?«, fragt stattdessen die Mutter von hinten, doch ich schlüpfe ohne Antwort an Rebecca vorbei, will raus auf die Straße rennen, halte an der Tür inne, weil mir zum Glück gerade noch die Paparazzi einfallen, mache kehrt und renne durch die Küche zum Hintereingang raus in den Hof, um erst mal Luft zu schnappen.

Das kann doch alles nicht wahr sein. Mama hat Rebecca mein Zimmer gegeben. Ausgerechnet Rebecca, die im Nachrückverfahren an Isas freie Stelle gekommen ist. Wie konnte sie das tun? Ich lehne mich gegen die Hauswand und fühle den rauen Putz. Die viel zu laute Stimme von Frau Kretschmer dringt sogar bis hier hinten.

Ich habe schon einmal hier gestanden, vor acht Jahren, genauso hilflos an der Hotelwand nach Halt suchend. Wir waren erst seit zehn Minuten aus dem Urlaub zurückgekehrt, ohne Papa, weil der von einem Beerdigungsunternehmen in einem Sarg nach Bamberg gebracht worden war, da hatte sich Mama schon eine Schürze umgebunden und ihren Eltern, die die Urlaubsvertretung übernommen hatten, in der Küche geholfen.

Alles war wie jetzt: Sommer, die Fenster geöffnet, laute Stimmen und Gelächter der Gäste aus dem ersten Stock und ich hier draußen an die Wand gelehnt, allein gelassen mit dem Entsetzen über die klaffende Lücke. Jetzt ist sie wieder da, größer denn je, und ich habe Angst, sie könnte mich verschlingen, wenn kein Wunder geschieht.

»Bekomme ich einen Kamillentee, Frau Mainhard? Mir ist heute nicht ganz wohl«, höre ich Frau Kretschmer fragen.

»Ja natürlich, einen Moment«, so Mamas Antwort.

Okay, Sophie, das ist die Realität. Mama hat ihr Hotel, du hast nichts.

Mir wird schwindelig. Ich setze mich auf das kleine Mäuerchen, das unseren Hof vom Nachbargrundstück trennt, und atme ein paar Mal tief durch. Ich darf mich jetzt nicht fallen lassen, muss weitermachen, suchen, recherchieren, ermitteln. Ich werde Isa finden und dazu gehört nun mal auch, sich mit Menschen wie den Kretschmers auseinanderzusetzen, ob es mir passt oder nicht.

Ich stehe wieder auf und gehe in den Speiseraum zurück.

»Ah, da ist sie ja wieder. Du bist Sophie, nicht wahr?«, wiederholt Frau Kretschmer. Ich hole mir eine Semmel und ein bisschen Aufschnitt vom Buffet und stelle mich an die Durchreiche.

»Ja.«

»Du kannst dich gerne zu uns setzen«, fordert sie mich

auf, aber das ist mir definitiv zu viel. Welch absurde Situation, dass diese Frauen nicht nur Isas Job und mein Zimmer okkupieren, jetzt bieten sie mir auch noch großspurig einen Platz an meinem eigenen Tisch an!

»Nein danke«, sage ich etwas schnippisch.

Mama stellt die Tasse Kamillentee in die Durchreiche und streicht zärtlich über meinen Handrücken. Daraufhin reiche ich Frau Kretschmer die Teetasse. Rebecca kaut ein bisschen Obst und liest Zeitung, zumindest tut sie so.

»Oh danke«, sagt Frau Kretschmer viel zu laut. »Bist du aus Amerika gekommen?«

»Ja.«

»Wir möchten dir unser herzliches Beileid aussprechen«, sagt Frau Kretschmer und stößt, wahrscheinlich um das WIR zu unterstreichen, mit dem Ellbogen ihre Tochter in die Seite, die daraufhin kurz aufblickt und unsicher lächelt.

Ich nicke und beschließe, die Kretschmers auf die Liste der Verdächtigen zu setzen. Schließlich ist Isa Rebeccas unmittelbare Konkurrentin gewesen und der Mutter quillt der Ehrgeiz aus allen Poren.

»Wann haben Sie Isa denn das letzte Mal gesehen?«, frage ich also geradeheraus.

»Auf der Aftershowparty«, antwortet Frau Kretschmer. »Wie alle.«

»Aha«, sage ich und blicke verstohlen zu Rebecca, die noch tiefer in ihre Zeitung zu versinken scheint.

»Wirklich tragisch, sehr tragisch«, spricht Frau Kretschmer weiter, die sich scheinbar gerne selber reden hört. »Du siehst deiner Schwester gar nicht ähnlich, du bist so hübsch.«

»Mama!«

Ich beiße in meine Semmel. Rebecca ist nicht die Üblere der beiden, das steht fest.

Jemand klopft an die offene Tür. »Darf ich reinkommen?«

»Oh, der Herr Rebele«, ruft Frau Kretschmer und steht auf. »Haben Sie das Plakat schon fertig?«

»Ja, es ging schneller, als ich dachte. Warten Sie ...«

Ich habe den Mann noch nie gesehen. Er legt eine Aktentasche auf die Fensterbank und holt umständlich mit der nun freien Hand ein zusammengerolltes Plakat unter seinem rechten Arm hervor. Das Erscheinen des Mannes hat etwas Leben in Rebeccas Körper gebracht. Sie hat ihre Zeitung weggelegt und blickt nun neugierig den Hals reckend auf den Mann, der, je weiter er das Plakat ausrollt, langsam dahinter verschwindet. Mir stockt der Atem. Auf dem Plakat stehen Rebecca und Finn Holder Hand in Hand vor Levi Strauss' Geburtshaus. Beide in dreckigen Kleidern, ungekämmt, wild, aber mit einem unvergleichlichen Leuchten in den Augen. Der Himmel über ihnen ist blau wie das Meer und nicht eine einzige Wolke ist zu sehen. Das Bild strahlt in seiner Einfachheit und dank der leuchtenden Farben einen atemberaubenden Tatendrang aus, und der war ja auch das hervorstechende Merkmal der Strauss-Familie. Je länger ich auf das Plakat starre, umso undeutlicher werden die Stimmen um mich herum, sie bekommen einen Hall, Farben verschwinden, alles beginnt sich zu drehen, ich schwitze und schaffe es gerade noch zur Toilette, bevor ich mich übergebe.

Ich habe keine Ahnung, wie lange ich auf dem Boden der Gästetoilette gesessen habe. Auf jeden Fall sind die Kretschmers weg, als ich zurück ins Speisezimmer komme. Die Tische sind von Touristen besetzt, die sich mit Mamas Frühstück für einen aufregenden Touristentag stärken.

Froh über eine Portion Normalität fülle ich die Käseplatte auf dem Buffet auf, bestelle bei Mama neue Eier und kümmere mich um frischen Kaffee.

Um 9:30 Uhr sind die letzten Gäste mit dem Frühstück fertig und Mama kommt mit der halb vollen Kaffeekanne ins Zimmer, wo ich die letzten Krümel unter den Gästetischen wegfege.

»Komm, lass uns kurz hinsetzen. Mir tun die Beine weh.«

Ich lehne den Besen gegen die Wand und setze mich neben sie.

»Was ist das?«, fragt Mama und hält das zusammengerollte Poster in die Höhe, das die Kretschmers liegen gelassen haben.

»Ach nichts, irgendein Werbeplakat«, sage ich schnell. »Gib her.«

Doch Mama hat die Rolle bereits auf den Tisch gelegt und ihr einen Schubs gegeben. Das Plakat besteht leider nicht aus diesen Papieren, die sich von selbst wieder zusammenrollen, wenn sie nicht beschwert oder festgehalten werden. Daher liegt das strahlende Paar nun vor uns auf dem Tisch. Ich lege meine Hand auf Mamas. Wir schauen schweigend auf das Poster und ich könnte schwören, dass Mama sich genau das Gleiche vorstellt wie ich: Isa anstelle von Rebecca.

»Bitte geh nicht wieder zurück nach Amerika«, bricht Mama das Schweigen.

Ich nehme reflexartig die Hand von ihrer. Daran habe ich überhaupt noch nicht gedacht – an das, was danach kommt, wenn ...

»Mama, jetzt lass uns doch erst mal ...«

»Ich will ihr Gesicht nicht vergessen«, fällt Mama mir ins Wort.

»Mama!«

»Ja, es ist so. Ich bin den ganzen Tag in der Küche und versuche immer wieder, mir ihr Gesicht vorzustellen. Meistens klappt es, aber manchmal, da kommt es einfach nicht, flutscht sofort weg, kaum ist es da, wie ein scheues Reh.«

Während Mama spricht, klammere ich mich an den Salzstreuer, drehe den Deckel auf und wieder zu und wieder auf und wieder zu ... Ihre Worte versuche ich, nicht an mich heranzulassen. In ihnen klingt etwas mit, was ich nicht glauben kann und vor allem nicht will.

»Kannst du mir ein Bild von ihr in die Küche hängen?«

»Mama!«, sage ich jetzt lauter. »Was sagst du da? Du sprichst ja, als sei sie ...« Ich verschütte aus Versehen den gesamten Inhalt des Salzfasses auf dem Tisch. »... tot!«

Mama schiebt mit dem Handrücken das zerstreute Salz auf einen Haufen. Dabei bleibt sie stumm.

»Sie haben ja noch nicht mal eine Leiche gefunden«, füge ich hinzu. »Isa wäre niemals ins Wasser gegangen, wenn sie sich hätte umbringen wollen. Das weißt du genau!«

Mama schüttelt den Kopf und zuckt mit den Schultern. »Ich weiß es eben nicht.«

Genauso gut hätte Mama mir mit einem Hammer auf den Kopf hauen können. Ich schaue sie fassungslos an. »Warum sagst du das?« Und weil sie nicht sofort antwortet, hake ich nach: »Mama, wieso sagst du so was?«

Sie drückt mit ihrem Zeigefinger kleine Vulkanlöcher in den Salzberg und wirkt dabei extrem abwesend. Etwas geht in ihr vor und ich bin mir nicht sicher, ob ich es wissen will. Schließlich fängt sie an zu sprechen: »Isa hat mir kurz nach Papas Tod etwas gesagt, was ich nie vergessen werde, nie!« Mama macht eine Pause. Vor ihrem inneren Auge scheint sie die kleine, zerbrechliche, siebenjährige Isa zu sehen.

»›Mama‹, hat sie gesagt, ›es war so schön zu sterben.‹«

Mama stiert vor sich auf das Salzhäufchen.

»Was hat sie damit gemeint?«, frage ich.

»Das habe ich sie auch gefragt. Sie sei geschwebt, hat sie geantwortet. In der Welle. Alles wäre so leise und ruhig gewesen, so friedlich ... ja, friedlich hat sie gesagt.« Jetzt rollen Mama Tränen über die Wangen. Ich will meine Hand auf ihre legen, die mittlerweile damit beschäftigt ist, eine Schlange aus dem Salz zu bilden. Aber ich kann nicht. Mein Körper ist wie versteinert.

»Sie hat gesagt, sie wäre enttäuscht gewesen, weil sie nicht gestorben ist wie Papa.«

»Das hat sie nicht gesagt!«, platzt es aus mir heraus.

»Doch, Sophie. Das hat sie. Ein einziges Mal, dann nie wieder.«

»Warum weiß ich davon nichts?«, frage ich.

»Ich musste ihr versprechen, es dir nicht zu erzählen.«

»Was?«, frage ich fassungslos. »Warum?«

»Ich denke, sie wollte dich nicht verletzen.«

Unglaublich! Das ist wirklich absolut unglaublich. Da bin ich mein Leben lang in dem Glauben, meine kleine Schwester beschützen zu müssen, und dann ist es umgekehrt: Sie schützt mich.

»Aber was hat das alles mit der Situation jetzt zu tun?«, frage ich.

»Ihre Angst vor dem Wasser ...« Mama stockt und trinkt ihren Kaffee aus. »Es war nicht die Angst vor dem Tod, die sie vom Wasser fernhielt, es war ihre Angst vor der Sehnsucht nach dem Tod.«

»So ein Blödsinn. Das ist acht Jahre her. Sie hatte keine Sehnsucht nach dem Tod. Willst du damit etwa sagen, dass du der Polizei mit ihrer Selbstmordtheorie glaubst?«

Mama antwortet nicht. Sie kramt ein Stofftaschentuch aus ihrer Schürze und schnäuzt sich die Nase.

»Isa lebt!«, sage ich laut. Extrem laut sogar, um die Zweifel zu verscheuchen, die plötzlich überall durch den Raum wabern.

Montag, 30.06., 10:00 Uhr

»Wenn ich ein Foto finden würde, vergrößerst du es mir dann? Ich weiß nicht, wie so was geht«, sagt Mama, nachdem wir die Frühstückssachen gemeinsam weggeräumt haben. »Bitte«, fügt sie als Antwort auf meinen genervten Blick hinzu. »Ich kann es ja abhängen, wenn sie wieder da ist.«

Fast hätte ich gelächelt. Mama will mir trotz ihrer trüben Gedanken die Hoffnung nicht nehmen. Wahrscheinlich ist sie sogar froh, dass wenigstens eine von uns beiden weiterhofft.

»Komm mal mit«, sagt sie und zieht mich am Arm in die Küche. Dort öffnet sie hinten in der Ecke den großen Besenschrank. An der Innenseite der Tür hängt ein Porträt von mir, eins mit einem herzlichen Lachen. Isa hat es gemacht, kurz nach meinen Prüfungen im letzten Sommer.

»Wenn ich allein bin, lasse ich immer die Schranktür offen. Und schau, jetzt, wo du in Wirklichkeit da bist, hänge ich es ab.« Sie entfernt vorsichtig den Tesafilm von der Tür, klebt ihn auf die Rückseite des Fotos und steckt es in ihre große Schürzentasche.

»Okay, lass uns oben schauen, ob wir eins von Isa finde. Dann muss ich aber los.«

»Wo willst du denn hin?«

»Zu Jakob. Ich will ihm ein paar Fragen stellen. Weißt du, wo er wohnt?«

»Natürlich. Warte.« Mama holt ihr altmodisches Telefonbuch, das sie unter der Durchreiche in der Küche aufbewahrt, und blättert darin. »Lauterbach ... L... Lau... Hier, Jakob Lauterbach.« Sie schreibt mir die Adresse auf einen Zettel und gibt ihn mir. »Er wohnt noch bei seinen Eltern. Aber sei vorsichtig, Isa hat nicht besonders nett von ihnen gesprochen.«

»Und weißt du was von einem Zeitungsartikel über Papas Tod?«

»Den von letzter Woche?«

»Ja.«

»Lass die Finger davon, Sophie. Dieses Schmierblatt hat bei deiner Schwester und mir schon genug angerichtet. Es soll dich nicht auch noch belasten.«

»Hast du ihn?«

»Nein. Ich habe ihn überflogen und dann im Klo runtergespült. Ich wollte ihn nicht mal im Papiermüll haben, so ekelhaft war der.«

»Ich würde ihn trotzdem gerne lesen. Ich muss wissen, was alles in den letzten Tagen passiert ist, womit Isa beschäftigt war. Irgendwas wird mich zu ihr führen. Sie lebt, Mama, sie lebt.«

Mama nickt, doch ihre Augen sagen das Gegenteil.

»Was ist mit ihrer Kamera. Weißt du, wo die sein könnte?«

»Nein. Die Polizei hat ihr ganzes Zimmer auf den Kopf gestellt. Die ist spurlos verschwunden ... wie sie.«

Und da überkommt mich das dringende Bedürfnis, Mama in den Arm zu nehmen, und das tue ich auch. Ich schlinge meine Arme um ihren Hals und drücke sie fest an mich. Es tut gut, ihre Wärme zu spüren, ihren Geruch einzuatmen. Auch sie drückt mich fest an ihren Busen. So bleiben wir eine Weile stehen, still, den Atem des anderen jeweils dicht am Ohr. Ich blicke auf den leeren Platz an der Schranktür und mache mich los.

»Komm«, sage ich. »Lass uns ein schönes Foto von Isa suchen.«

Wir gehen nach oben, und kurz bevor wir im Familientrakt ankommen, höre ich ein eigenartiges Klackern. Als ich in Isas Zimmer trete, sehe ich, wie die Bleischnur am unteren Ende des Himmelbettvorhangs im Wind gegen das Regal stößt. Ich schließe das Fenster, kann mich allerdings nicht erinnern, es geöffnet zu haben.

Komisch, denke ich, schiebe den Gedanken aber beiseite und lasse den Computer hochfahren. Währenddessen blicke ich erneut über den Schreibtisch, in der Hoffnung auf ein Zeichen, irgendeine Auffälligkeit. Die Schulbücher und -hefte hat Isa schön säuberlich in die hinterste Ecke geschoben, so weit weg wie möglich. Daneben liegen einige Zettel und auf den oberen sind Wörter gekritzelt. Es dauert eine Weile, bis ich sie entziffert habe: *Nackt, Intim, Liebe, Sehnsucht* oder so ähnlich. Unter die Wörter hat Isa zwei Köpfe skizziert. Ich kann mir keinen Reim darauf machen und lasse meinen Blick weiter schweifen. Auf dem Fensterbrett sehe ich eine Palette Medikamente.

»Was ist das?«, frage ich und nehme die Packungen in die Hand.

»Gegen Allergie«, antwortet Mama.

»Aber sind das nicht die gleichen Hämmer, die sie bekommen hat, als sie das Nusseis gegessen hat?«

»Dass du dich daran noch erinnerst«, staunt Mama.

Wie hätte ich das vergessen können. Isa, fünf oder sechs Jahre alt, war mit ihrer Freundin auf dem Spielplatz gewesen und hatte von der Babysitterin ein Nusseis spendiert bekommen. Alle Mütter von Isas Freundinnen wussten von ihrer Allergie, damit genau das nicht passieren konnte. Doch diese eine hatte vergessen, es der Babysitterin zu sagen. Mein Gott! Mir dreht sich heute noch der Magen um, wenn ich daran denke, wie Isa nach Luft ringend in Papas Armen lag.

»Das war vor ... vielleicht ...« Mama überlegt. »Vor ungefähr einer Woche.«

Ich drehe die Tabletten-Packungen in meiner Hand. »Aber die vom Catering haben doch Bescheid gewusst, oder nicht?«

»Schon ... ja. Du Schatz, ich ...«

Erst jetzt merke ich, dass Mama noch draußen steht. Sie will nicht ins Zimmer kommen, besser gesagt: Sie kann es nicht, was ich gut verstehe.

»Ist der Computer hochgefahren?«, fragt sie, die Arme vor der Brust verschränkt und sich unruhig im Zimmer umblickend, als habe sie Sorge, von einem Gespenst angesprungen zu werden.

»Klar«, sage ich und setze mich vor den Computer.

Als ich das Passwort eingebe, stelle ich fest, dass Isa es geändert haben muss. Es klappt auf jeden Fall nicht. »Weißt du was von einem neuen Passwort?«

»Nein, woher denn. Ich habe keine Ahnung, was sie am Computer macht.«

»Aha«, sage ich und probiere noch *Jakob* und *Finn Holder* aus, aber sie funktionieren nicht.

Videotagebuch – 13.06.

Scheiße. Scheiße. Scheiße!

Ja, das sind Tränen. Ich bin so was von stinksauer! Mensch, wieso hab ich nicht schon früher gemerkt, dass Jakob am Durchdrehen ist? Jetzt, nachdem das passiert ist, seh ich natürlich lauter Anzeichen, bei denen ich hätte hellhörig werden können. Scheiße! Scheiße!

Scheiße!

Oh Mann. Ich hab kein Taschentuch. Muss ich eben die Nase hochziehen, is' jetzt eh schon egal ...

So einen Tag wie heute hab ich noch nie erlebt und will ich auch nie, nienienie wieder erleben, das steht fest.

Wann hab ich eigentlich das letzte Mal hier draufgesprochen? Ach, egal. Ich bin heute auf jeden Fall wieder eine Runde weitergekommen, herzlichen Glückwunsch, Isabel Mainhard, toll gemacht! Die Freude am Ende der Show hab ich echt spielen müssen, aber wozu kriege ich schließlich Schauspielunterricht.

Aber jetzt der Reihe nach: Wir waren von Montag bis Donnerstag in einem Thüringer Dorf, wo wir hauptsächlich Alltagssituationen der Familie Strauss gedreht haben. Ich hab jeden zweiten Abend mit Jakob telefoniert, ganz brav, wie abgemacht – nein, wie er es wollte. Und gestern ... nein, vorgestern – warte ... nein, gestern war's. Mensch, krass, wie kann so viel an einem einzigen Tag passieren? Also gestern hab ich ihm dann am Telefon erzählt, dass wir in München übernachten, weil am nächsten Tag, also heute, die dritte Show in München ist. Er wollte mich besuchen, ich habe Nein gesagt, er hat gebettelt, ich wieder Nein, er wieder Bitte. Echt, ich bin so sauer geworden. Wieso macht er das? Er weiß genau, wie sehr ich mich auf die Show konzentrieren muss. Das hätte heute genauso gut schiefgehen können, gefrustet wie ich war.

Er – also Jakob – ist gestern Abend trotzdem einfach zum Hotel gekommen. Ich hab ihn natürlich reingelassen. Was sollte ich denn tun? Er ist schließlich extra gekommen, um mich zu sehen, und ich liebe ihn ja auch, aber er will ... er will ... ich weiß nicht, er will einfach immer mehr, als ich kann. Er ist dann die ganze Nacht geblieben, hat mir immer wieder gesagt, wie sehr er mich liebt und wie schön ich bin und was er alles vorhat mit mir, mit uns.

Liebe macht echt blind. Das ist ein total abgedroschener Satz, aber er ist wahr – total wahr. Jakob ist so blind, dass er mich gar nicht sieht oder nicht sehen will. Er sieht nur seine Liebe zu mir, obwohl ich mittlerweile nicht mehr weiß, ob man das überhaupt Liebe nennen kann. Fühlt sich eher wie Verzweiflung an. Meine Wünsche, mein Leben, meine Entscheidungen ignoriert er völlig. Er ist so dumm, so entsetzlich dumm. Ich meine, ich liebe ihn doch und dann macht er so was! Wie bescheuert. Krass ...

Verdammt, jetzt heul ich wieder ...

Okay, weiter. Ich bin also heute aufgewacht, hab die Augen aufgeschlagen und da lag er direkt neben mir, auf der

Seite, und hat mich angeschaut. Keine Ahnung, wie lange er mich im Schlaf beobachtet hat, es war auf jeden Fall gruselig. Das Erste, was er mir gesagt hat, war: »Ich oder die Show«. Kein »Guten Morgen«, kein »Hallo, Schatz, hast du gut geschlafen?« Nein – »Ich oder die Show!«

Und da lag auch was Bedrohliches in seinem Blick, echt, diese Augen, so nah, unmittelbar nach dem Aufwachen ... voll gruselig. Ja klar, zugegeben, es gab auch schon Situationen, wo ich das total romantisch fand, sein Blick auf mir, wenn ich aufgewacht bin. Da kam ich mir geliebt und begehrt vor. Aber heute Morgen ... da hab ich mit einem Mal was ganz anderes in diesem Blick gesehen. Es war wie ein Fausthieb in die Magengrube. Ich hab so getan, als ob ich ihn nicht verstanden hätte, und hab auf die Uhr geschaut und gesehen, dass ich in einer Stunde im Studio sein musste. Also wollte ich aufstehen. Da hat er mein Handgelenk umklammert und seinen Satz wiederholt: »Ich oder die Show!«

»Die Show!«

Es kam wie ein Pistolenschuss aus meinem Mund und er hat mein Handgelenk noch fester umklammert. Ich wollte mich befreien, aber ich hatte keine Chance. Und dann ging alles ganz schnell. Er hat mich aus dem Bett und ins Bad gezerrt und die Tür von außen geschlossen. Irgendwas hat er unter die Klinke gestellt, denn die konnte ich nicht mehr runterdrücken, keinen Millimeter. Scheiße, ich bin total in Panik geraten. Es war so ... so ...

Verdammte Nase! Wo ist denn hier ein ... ah, ich nehm einfach den alten Fetzen ... so, besser.

Ich meine das ist doch heftig, oder? Da erzählt er mir die ganze Zeit, wie schrecklich es ist, dass seine Mutter sich so an ihn krallt, ihn kaum weggehen lässt, ihn kontrolliert und am liebsten voll und ganz besitzen würde, und jetzt macht er mit mir genau das Gleiche! Da läuft mir voll der Schauer über den Rücken. »Mama will mich eher tot als in den Armen einer Frau sehen«, hat er mal gesagt. Gänsehaut. Will er mich am Ende auch lieber tot als in Amerika sehen?

Ich hab wie eine Wahnsinnige gegen die Tür gehämmert und geschrien und er ist vor der Tür stehen geblieben und hat auf mich eingeredet, dass es besser für mich sei, wenn ich die Castingshow nicht weitermachen würde. Ich hätte mich so verändert, würde nur noch von der Schauspielerei und Amerika reden. Keine Ahnung, ich wollte ihm gar nicht zuhören und hab total geschrien. Es gab kein Fenster in dem Bad und ich konnte nur hoffen, dass mich jemand durch den Belüftungsschlitz hörte. Irgendwann hab ich dann gemerkt, dass Jakob nichts mehr gesagt hat, und hab die Klinke runtergedrückt und bin raus. Er hat einfach die Klinke wieder freigegeben und ist abgehauen, ohne was zu sagen.

Ich war natürlich viel zu spät, aber ich hab dem Aufnahmeleiter erzählt, dass ich verschlafen hätte, weil ich am Abend noch bei meiner Mutter in Bamberg gewesen wäre. Er hat nicht weiter nachgefragt und letztendlich haben es dann auch nur wenige mitgekriegt und die Show lief ja gut.

Der spinnt total! Und er braucht sich auch nicht mehr

blicken zu lassen. Wenn das heute schiefgegangen wäre, hätte ich ihm das niemals verziehen, ganz sicher nicht.

Jetzt sind wir nur noch vier Kandidatinnen. Wiebke, die schöne Nella, Rebecca und ich. Wir sind in München geblieben, denn morgen geht's wieder zum Schauspielunterricht, wie jedes Wochenende, und Montag früh fahren wir in die Nähe von Frankfurt, nach Butzbach. In dieser Region herrschte im 19. Jahrhundert auch eine große Hungersnot und es sind unzählige Mädchen als Putzhilfen oder Prostituierte nach Amerika ausgewandert. Rita hat total berührende Geschichten von ihnen erzählt. Wir schauen uns dort ein Museum an und müssen wahrscheinlich, wie damals die armen Bauernmädchen, zur Drehleier tanzen. Meinetwegen könnte es auch noch weiter weg gehen, nach Hamburg oder Lübeck oder Skandinavien, so weit weg wie möglich.

Montag, 30.06., 12:00 Uhr

Nachdem ich endlich ein älteres, aber schönes Bild von Isa auf meinem eigenen Laptop gefunden und für Mama ausgedruckt habe, will ich mich auf den Weg zu Jakob machen. Ich ziehe mir noch schnell Isas blaue Sommerjacke über und finde darin eine kleine Tränengasflasche. Sehr gut, denke ich, denn Polizisten haben schließlich alle eine Dienstwaffe, warum also ich nicht auch?

Der Weg zu Jakob dauert ungefähr eine halbe Stunde. Er wohnt in einer Siedlung, in der alle Häuser gleich aussehen. Lediglich die handtuchgroßen Vorgärten zeigen mit ihren Gartenzwergen, kleinen Brunnen, Steinskulpturen und ähnlichem Schnickschnack ein bisschen Individualität, wenn auch in den meisten Fällen zu viel. Jakobs Vorgarten fällt vor allem durch seine Schlichtheit und Sauberkeit auf. Er besteht lediglich aus einer akkurat gemähten saftgrünen Wiese.

Das Haus ständig im Blick, schließe ich mein Fahrrad an einen etwas abseits stehenden Laternenpfahl. Dafür lasse ich mir auffällig viel Zeit, denn mir fehlt irgendwie der Mut. Vor allem weil ich Jakob überhaupt nicht kenne. Wer weiß, was mich da jetzt erwartet, ob er mich reinlässt, wie er mich empfängt. Ich komme mir vor, als müsste ich von einem Felsen ins Meer springen, ohne zu wissen, wie tief das Wasser ist. Ich könnte zerschellen oder weich aufkommen.

Ganz langsam gehe ich auf das Haus zu. Was soll ich sagen? Wie ihn begrüßen? Doch bevor ich mir eine Begrüßung überlegt, geschweige denn geklingelt habe, geht schon die Tür auf und eine auffällig kleine Frau steckt ihren Kopf heraus.

»Sie wünschen?«

»Guten Tag. Ich ... ich wollte zu Jakob. Ist er da?«

»Wer sind Sie?« Ihre Stimme klingt ein bisschen piepsig und passt zu ihrer Größe.

»Ich bin Sophie Mainhard, die Schwester von Isabel.«

Als der Name fällt, geht ein Ruck durch den schmächtigen Körper und sie tritt einen Schritt nach draußen, ohne den Türknauf loszulassen.

»Oh, das ist aber ... Also der Jakob ... Darf ich fragen, was Sie von ihm wünschen? Wissen Sie, wir wurden ziemlich belästigt von Zeitungsmenschen und so, da sind wir jetzt misstrauisch.«

Oh Mann, das wird nicht leicht, denke ich, und während ich nach einer passenden Antwort suche, tritt ein großer Mann neben Jakobs Mutter. Er füllt den Türrahmen komplett aus und schiebt die kleine Frau einen halben Meter in meine Richtung.

»Was gibt's denn, Thea?«

»Ach nichts, es ist nur ...« Sie gerät ins Stottern »... die Dame ... Sie möchte ...«

»Ich möchte zu Jakob. Ist er da?«, sage ich und bilde mir ein, Unmut in ihrem Gesicht zu erkennen.

»Wer sind Sie denn?«

Himmel, die sind aber hartnäckig. »Ich bin Sophie Mainhard, die Schwester von Isabel«, wiederhole ich.

Auch bei ihm löst der Name ein kurzes Zucken in seinem Gesicht aus. Er blickt mich abschätzend von oben bis unten an. »Was wollen Sie von ihm?« Seine Stimme, ein tiefer, gewaltiger Bass, passt ebenso gut zu seiner äußeren Statur und schüchtert mich sofort ein. Also entscheide ich mich, zunächst noch nicht mit meinen Fragen zu Isas Verschwinden und meinem Ermittlungsvorhaben rauszurücken.

»Es ist nur, er hat was von meiner Schwester geliehen ... DVDs. Ist er denn da?«

»Nein, er ist ...«, ein winziges, kaum merkbares Zögern, »... weg.«

»Vielleicht dürfte ich trotzdem kurz in sein Zimmer. Ich bin aus Amerika zurück. Sie wissen ja sicher, was mit meiner Schwester passiert ist.«

Ich mache eine Pause, um ihnen eine Reaktion zu ermöglichen.

»Sicher, sicher«, sagt Herr Lauterbach. Er nickt nur einmal und legt den Kopf in den Nacken, sodass er jetzt noch mehr von oben auf mich herabschaut.

»Isa hat Jakob DVDs von mir ausgeliehen, und da ich in Amerika war, hatte ich nichts dagegen, aber jetzt, also jetzt hätte ich sie gerne zurück.«

Sie schauen mich an und ich kann mir vorstellen, dass sie etwas irritiert sind wegen meines harmlosen Anliegens, zumindest wäre ich das an ihrer Stelle. Aber ich hoffe, dass sie es schlucken, damit ich mir wenigstens sein Zimmer anschauen kann.

»Das wird ihm nicht recht sein. Wir können Sie doch nicht einfach in sein Zimmer lassen.«

»Wann kommt er denn zurück?«

»In ... ja, ich weiß nicht ...«

Frau Lauterbach reckt ihren Hals Hilfe suchend nach hinten zu ihrem Mann und ich könnte wetten, ein Zittern in ihrer Stimme gehört zu haben. Hier stimmt doch was nicht!

»Na kommen Sie rein, ich gehe mit Ihnen«, entscheidet Herr Lauterbach schließlich und schiebt seine Ehefrau unsanft zur Seite, damit ich zwischen ihnen ins Haus treten kann.

Jakobs Zimmer ist für einen Jungen von 17 oder 18 Jahren geradezu unnatürlich ordentlich. Was Isa alles von ihm erzählt hat, passt überhaupt nicht mit der hier herrschenden Atmosphäre überein. Seine Wände und sein Regal, der Schreibtisch ... Alles wirkt unpersönlich. So sieht auf jeden Fall kein Zimmer aus, das jemand mal eben kurz verlassen hat.

Noch mal: Hier stimmt was nicht.

»Wo hat er denn seine DVDs stehen?«, frage ich. Die Lauterbachs sind mir dicht auf den Fersen.

»In dem kleinen Regal neben seinem Bett, hier, schauen Sie.«

Frau Lauterbach deutet auf ein dunkelbraunes Regal, das quer zum Bett steht und dessen untere drei Bretter mit DVDs bestückt sind.

Ein Glück, er scheint tatsächlich ein Filmfreak zu sein, das hat meine Lüge glaubwürdig gemacht, denke ich, knie mich hin und fange an, das untere Brett zu durchsuchen. Mir fällt auf, dass die Filme alphabetisch geordnet sind und wie Soldaten nebeneinanderstehen, als wären sie mit einem Lineal gerade gerückt worden. Ich starte bei Z. Wenn Jakob jetzt zurückkommt und mich hier vor seiner DVD-Sammlung knien sieht, wissend, dass er sich wahrscheinlich keinen Film ausgeliehen hat, hab ich ein Problem.

»Kann ich Ihnen beim Suchen helfen?«, fragt Frau Lauterbach.

»Nein, nein, ich hab's gleich, danke.« Ich ziehe einen Film heraus, der auf den ersten Blick nicht wie ein typischer Actionstreifen aussieht. *Was Frauen wollen* – mäßiger Film.

»Ah, der gehört mir«, sage ich und stopfe die DVD in die Tasche. Ich tue so, als würde ich weiter konzentriert die Sammlung durchgehen, überlege aber stattdessen fieberhaft, wie ich auch den Rest des Zimmers unter die Lupe nehmen könnte.

In dem Moment klingelt das Telefon und Herr Lauterbach geht Unverständliches vor sich hin brummend nach unten. Im selben Moment kniet Frau Lauterbach sich blitzschnell neben mich, ganz dicht, zu dicht, und ich muss dem Impuls widerstehen, von ihr abzurücken.

»Jakob ist verschwunden. Mit Isabel«, haucht sie mir ins Ohr.

»Wie bitte?«

Sie hält mir mit ihrer Hand für eine Sekunde den Mund zu, merkt aber anscheinend sofort, dass das unangebracht ist, denn sie lässt mich gleich wieder los.

»'tschuldigung, aber Sie müssen leise sprechen, bitte. Mein Mann darf nicht mitkriegen, dass ich Ihnen das erzähle.«

»Ja, aber ...« Ich bin ehrlich gesagt so fassungslos, dass mir die Worte fehlen.

»Pssst.« Sie horcht und wir hören ihren Mann am Telefon mit jemandem reden. Dann spricht sie weiter, gehetzt, flüsternd, fast panisch: »Jakob ist seit Freitagnacht weg. Wie Isabel. Er hat sie so geliebt. Er war krank vor Liebe. Es tut mir leid, dass ich Ihnen das sagen muss, aber Isabel hat dem Jungen nicht gutgetan. Er hat einfach nicht auf mich gehört, ist immer tiefer in die Sache reingerutscht und ...« Sie hört auf zu sprechen, verharrt aber in ihrer Position dicht an meiner Seite, sodass ich ihren Atem an meinem Hals spüre, selbst wenn sie nicht spricht.

»Wieso hat meine Schwester ihm nicht gutgetan?«

»Weil sie ihren Traum vom Ruhm mehr geliebt hat als ihn.«

In meinem Inneren läutet eine Alarmglocke. Diese Familie hat ein Problem, das steht mal fest. »Glauben Sie, dass Jakob ... dass er auch in den Main gegangen ist?«, frage ich und Frau Lauterbach schluchzt auf. Schnell legt sie die Hand vor ihren Mund und presst zwischen ihren Fingern durch: »Ich fürchte es.«

»Und wieso sind Sie nicht zur Polizei gegangen?«

»Weil ... wenn wir zur Polizei gehen, dann ... mein Mann will nicht, dass das rauskommt.«

»Ja aber – war denn die Polizei noch gar nicht hier? Jakob war doch Isas Freund, sie müssen ihn doch befragt haben.«

»Doch, doch, natürlich waren die hier. Aber wir haben denen gesagt, dass Jakob bei meiner Schwägerin ist und sich dort eine Lehrstelle sucht. Und dass Isabel Schluss gemacht hat, schon vor Wochen. Stimmt ja auch.«

»Isa hat mit Jakob Schluss gemacht?«, frage ich verwirrt.«

Die Frau nickt. »Wir haben uns schon so gefreut, dass der Albtraum endlich vorbei war. Und jetzt das!«

»Was?«, frage ich viel zu laut und lausche, ob ihr Mann nach oben kommt.

»Na ja, dieser ... also ich meine, dass sie ...« Sie stockt und atmet ein paar Mal tief durch. »Wer weiß, vielleicht hat Jakob was damit zu tun. Selbst wenn er auch ... wenn er mit ihr zusammen Selbstmord begangen hat. Wissen Sie, wir haben alles für den Jungen getan, alles. Und er war immer so folgsam und hilfsbereit. Alle haben ihn geliebt. Die Nachbarn, die Verwandtschaft, sie haben uns alle beneidet.« Ihre piepsige Stimme fängt fast an zu singen – unglaublich, sie hebt ab, wenn ich sie nicht festhalte.

Also frage ich: »Wieso erzählen Sie mir das alles?«

»Weil ich es nicht mehr aushalte. Dieses Schweigen, das Warten, die Ungewissheit. Er verbietet mir, darüber zu sprechen. Alle sollen denken, dass er die Schule abgebrochen hat und auf der Suche nach einer Lehrstelle ist, in Norddeutschland, bei der Schwester meines Mannes.« Ihr Atem streicht an meinem Ohr vorbei über meine Wange bis in meine Nase. Ich halte das nicht mehr aus und rücke ein Stück zur Seite. Da sehe ich in dem Schlitz zwischen Bett und Regal den Rücken eines Ringbuchs, auf den ein großes rotes Herz gemalt ist. Wenn Jakob in diesem Buch seine Herzensangelegenheiten genauso akkurat zusammenstellt wie seine DVDs und wie seine Eltern offenbar sein Leben, will ich es unbedingt haben. Mit einem Seitenblick registriere ich, dass Frau Lauterbach damit beschäftigt ist, im unteren Regalfach die DVD-Sammlung, die ich in Unordnung gebracht habe, wieder sorgfältig zurechtzuschieben.

»Ich schaue noch mal hier oben«, sage ich möglichst beiläufig, schnappe mir beim Aufstehen das Ringbuch, schiebe es unter mein T-Shirt und mache die Jacke zu. Bingo! Frau Lauterbach hat nichts bemerkt, sie widmet sich noch immer hoch konzentriert dem unteren Regalbrett und plappert ohne Punkt und Komma von ihrer Not. Schnell versuche ich, auch die anderen Ecken des Zimmers zu scannen, merke aber, dass das keinen Sinn macht. Ich muss hier raus. Plötzlich schaut Frau Lauterbach zu mir hoch.

»Bitte!«, insistiert sie. »Tun Sie etwas, irgendwas! Es muss ein Ende haben!«

»Ich ... ich könnte es der Polizei sagen«, schlage ich vor und halte meine Arme verkrampft vor meinen Bauch, damit das Buch nicht runterrutscht.

Sie nickt.

»Ich geh dann mal«, sage ich wahrscheinlich für sie ziemlich unerwartet, weil das Ringbuch trotzdem rutscht und ich es nicht mehr länger vor ihr verbergen kann. Ohne auf eine Antwort zu warten, flitze ich die Treppe runter und raus aus dem Haus. In Windeseile schließe ich mein Rad auf und rase, so schnell ich kann, davon, getrieben von der Panik, dass dieser gewaltige Vater mich doch noch von hinten packen und festhalten könnte. Bei jedem Tritt ramme ich mir eine Ecke des Ringbuchs in meinen rechten Oberschenkel.

Ein paar Blocks weiter bleibe ich stehen. Eine Weile blicke ich zurück und warte. Irgendwann entspanne ich mich. Sie sind mir nicht gefolgt. Ich steige ab und hole das Buch hervor. Auf der Suche nach einem geeigneten Ort zum Lesen finde ich in der nächsten Seitenstraße einen kleinen Spielplatz. Dort setze ich mich auf eine Bank und lege das Buch auf meinen Schoß. Isa schaut mich an. Sie trägt meine Winterjacke und meine Mütze. In der handschuhgeschützten Hand hält sie einen Schneeball und blickt kess, wie kurz vor dem Wurf, in die Kamera.

Ein interessantes Coverfoto, denke ich. Wenn er es bewusst gewählt hat, könnte das bedeuten, dass er in ständiger Habachtstellung war, immer auf den Abschuss wartend.

Ich öffne das Ringbuch und blättere es durch. Es ist bestückt mit Fotos, entweder Isa alleine oder mit Jakob zusammen. Andere Menschen sind nicht dabei. Und es ist voller Erinnerungen: Eintrittskarten, eine Haarsträhne, ein Papierfetzen, ein Strohhalm, Grasbüschel … Jakob hat scheinbar alles gesammelt, was er in den letzten fünf Monaten mit Isa erlebt hat und was sich in einem Ringbuch abheften ließ. Doch später, ungefähr ab der Mitte, gibt es keine Liebesrequisiten und keine Fotos mit Jakob mehr, nur noch Fotos und Zeitungsartikel von und über Isa in der Castingshow.

Zeitungsartikel! Mein Herz beginnt zu rasen. Jakob hat ihn aufgehoben. Hier werde ich den Artikel über Papa finden. Ängstlich blättere ich mich durch die Seiten. Jedes Foto ist millimetergenau parallel zur Seitenkante geklebt, jeder Zeitungsartikel sauber ausgeschnitten, datiert und abgeheftet. Was hat ihn dazu bewogen, alles so genau zu verfolgen und aufzubewahren? Liebe? Ich muss an die letzten Minuten in seinem Zimmer denken. Den panischen Atem seiner Mutter noch in der Nase und die einschüchternde Stimme des Vaters im Ohr, wage ich, das zu bezweifeln. Dieses Ringbuch bestätigt Bens Aussage. Man muss nicht Psychologie studiert zu haben, um zu erkennen, dass es nicht von Liebe, sondern eher von Besessenheit spricht.

Da ist er!

Mainhards dunkles Geheimnis: Trägt sie eine Mitschuld am Tod ihres Vaters?

Schock! Mir stockt der Atem.

Wie unglaublich ist das denn?, denke ich, dann verschwimmen die Buchstaben vor meinen Augen und ich blicke auf. Das kann ich nicht lesen! Ich sehe drei kleine Kinder friedlich im Sandkasten sitzen, ihre Mütter ratschen auf der mir gegenüberliegenden Bank. Was würde ich alles tun, um mit ihnen tauschen zu können?

Nein.

Ich muss es lesen. Vor den mündlichen Psychologieprüfungen an einer der besten Unis der Welt habe ich nicht halb so viel Angst wie jetzt vor diesem Artikel.

Isabel Mainhard, Favoritin der Castingshow Eine Schwester für Levi Strauss, *verbrachte ihren wohl letzten schönen Sommer 2006 an der französischen Atlantikküste. Was zu diesem Zeitpunkt niemand wusste: Mainhards Vater litt an einem Gehirntumor!*

Als der 40-Jährige gemeinsam mit seiner Tochter auf die nächste Surfwelle wartete, erlitt er einen durch den Tumor hervorgerufenen Epilepsieanfall. Wäre Isabel bei ihm geblieben, hätte die Siebenjährige ihn wahrscheinlich retten können. Doch ihr fataler Entschluss, das forttreibende Surfbrett zurückzuholen, kostete ihren Vater das Leben.

»Damals in Frankreich habe ich die wohl falscheste Entscheidung meines Lebens getroffen«, kommentierte die jetzt 15-jährige Isabel das traumatische Erlebnis.

Frau Prof. Dr. Dr. Miltenberg, Psychologin an der Freien Universität Berlin, sagt dazu: »Es ist fraglich, ob ein Mädchen mit diesem traumatischen Hintergrund überhaupt dem Druck einer Schauspielkarriere standhalten kann.«

Ich kann mich nicht regen. So ein Wichser von Zeitungsreporter! So ein gottverdammtes Arschloch! Wie hat er dieses schreckliche Erlebnis so ausschlachten und vor allem mit einer derart aberwitzigen Schlussfolgerung versehen können! Oben in der Ecke sehe ich das Datum und rechne aus, dass der Artikel am letzten Donnerstag erschienen ist. Einen Tag vor dem Finale! Wie krass ist das denn? Und wie schrecklich muss das für Isa gewesen sein. Der Autor dieser Zeilen hat das Kürzel SG und die Zeitung sitzt in Hamburg. Jetzt auf die Schnelle diesen Typen zu erwischen, um ihm die Augen auszukratzen, ist wohl eher unwahrscheinlich. Ich muss mich auf meine Suche konzentrieren, SG kann warten. Aber wenn ich rausbekommen sollte, dass dieser Artikel auch nur ansatzweise etwas mit Isas Verschwinden zu tun hat, werde ich den Kerl traumatisieren, dass ihn die Miltenberg in die Zwangsjacke stecken muss!

Ich koche vor Wut!

»Scheiße!«

Erst an den Blicken der beiden Mütter, die mit ihren Kindern im Sandkasten sitzen, merke ich, dass ich das gerade laut gesagt habe. Schnell schlage ich das Buch zu, klemme es auf den Gepäckträger und setze mich aufs Rad. Es muss weitergehen. Also fahre ich nach Hause, um das Ringbuch in Sicherheit zu bringen, dann geht's weiter zum Set.

Montag, 30.06., 14:00 Uhr

Mama wirft mir ihren Ich-kann-grad-nicht-Blick zu, während sie in perfektem Englisch ein amerikanisches Paar eincheckt. Ich staune. Mamas Englisch ist, von ihrem deutschen Akzent abgesehen, mittlerweile fast fehlerfrei. Früher war Papa immer für die englischsprachigen Gäste zuständig. Aber nach seinem Tod musste Mama ran und sie hat es abends mit diversen Kursen und Lehrbüchern gelernt. Aus ihr ist eine perfekte Geschäftsfrau geworden.

Nachdem ich Jakobs Ringbuch in Isas Zimmer gelegt habe, schwinge ich mich wieder aufs Fahrrad und fahre die 18 Kilometer nach Buttenheim.

In der siebten oder achten Klasse haben wir mal einen Ausflug ins Levi-Strauss-Museum gemacht und ich erinnere mich noch gut an den Tag. Dort ist natürlich alles voller Jeans, logisch, und ein Kino gibt es auch und natürlich einen Levi's-Shop direkt nebenan.

Am Ortsanfang steht ein Schild mit dem Hinweis, dass die Straße, in der das Geburtshaus von Levi Strauss steht, wegen einer »internationalen Filmproduktion« gesperrt sei. Darunter steht der Name der Produktionsfirma »Summerfilms« und der Name des Regisseurs: Mike Summer.

»Mike Summer«, sage ich laut vor mich hin, als könnte ich dann eher die Tatsache begreifen, dass einer der Besten weltweit sich keine 50 Meter von mir entfernt aufhält – in Buttenheim! Wirklich unglaublich ...

Ich biege rechts ab, in die Gasse, die direkt auf die gesperrte Straße führt, und stoße tatsächlich unten an der Kreuzung auf eine Absperrung. Davor hat sich eine Menschentraube gebildet. Bescheuert, dass ich mir darüber keine Gedanken gemacht habe! Es ist doch klar, dass so ein Ereignis eine Menge Menschen anzieht, die alle möglichst viel vom Set und vor allem von Finn Holder sehen wollen. Wie könnte ich mir jetzt am besten Zutritt zum Set verschaffen, frage ich mich und überlege, ob mir vielleicht meine Beziehung zu Ben, einem Crewmitglied, helfen könnte. Ich schließe mein Fahrrad an einen Laternenpfahl und drängele mich zwischen den Menschen durch bis zum rot-weißen Absperrband. Ich könnte natürlich einfach sagen, dass ich Isas Schwester bin, dann bekäme ich mit Sicherheit eine Sonderbehandlung. Aber das will ich nicht.

»Grüß Gott«, sage ich. »Ich möchte bitte zu Ben Kolbe.«

»Ben Kolbe?«, fragt der Uniformierte hinter dem Absperrband. »Kenn ick nich'. Wer solln dit sein?«

Sein breites Berlinerisch passt so gar nicht in diese Landschaft, klingt aber sympathisch.

»Er ist Assistent oder Techniker, ich weiß es nicht so genau.«

»Jeht's auch wat jenauer?«

»Er hat rote Haare, und na ja, er arbeitet hier.«

»Nee, dit is' mir zu wenich, tut mir fürchterlich sorry, aber ick steh hier nich' zum Spaß, auch wenn ick so ausseh. Mein Job is', zu euch Mädels nee zu saren, sonst kricht der Holder 'nen Föhn, weeste.«

»Ich will ja gar nicht zu Finn Holder, ich will zu Ben Kolbe.«

»Jaja, det saren se alle. Sorry Froilein, ham Sie 'ne Ahnung, wie viele Menschen hier arbeiten? Ick kenn die alle nich' mit Namen, außer natürlich den Holder und die ... die ... sehn Se, den Namen der Schwester kenn ick schon nicht mehr, nur die Mainhard.«

Treffer – versenkt! Isa hat in diesem Land den Bekanntheitsgrad eines Stars erreicht und ihr Verschwinden hat wahrscheinlich noch dazu beigetragen.

»Kein Wunder, die war ja auch viel besser«, sagt plötzlich eine Frau neben mir. »Habt ihr das auf Facebook gelesen? Auf der Seite von Rebecca hat jemand gepostet, dass sie was mit Isas Verschwinden zu tun haben soll.«

»Hab ich auch gelesen.«

»Da wird jede Menge Mist geschrieben.«

»Stimmt schon, aber vorstellbar ist es doch.«

»Auf jeden Fall. Die hat ja so eine gruselige Mutter, erzählt man sich.«

»Ja, die soll von Ehrgeiz zerfressen sein.«

»Eben.«

»Habt ihr nicht den Artikel über Isa gelesen? Die Sache mit ihrem Vater? Die ist durchgedreht. Das war doch auch noch der Jahrestag von seinem Tod.«

»Wer sagt das denn?«

»Stand irgendwo. Die ist durchgedreht. Der ganze Ruhm, das viele Gerede.«

»Die war ja auch hochsensibel, die Kleine. So wie die geschauspielert hat, das war schon nicht mehr normal.«

Mir wird schlecht.

Ich muss hier weg, sofort!, denke ich und drängele mich aus dem Pulk zurück zu meinem Fahrrad und radel einfach drauflos. Irgendwann steige ich ab, setze mich an den Wegrand und versuche, mich zu beruhigen. Freitag war nicht Papas Jahrestag. Was labern die da? Das Finale war am 27.06. und Papa ist am 27.07. gestorben. Was für ein Geschwätz! Und nur weil Isa gut schauspielern kann, soll sie Selbstmord gemacht haben? Wieso leben dann Johnny Depp, Leonardo DiCaprio oder Keira Knightley noch? Die sind doch auch alle irgendwie nicht normal.

Scheiße! Ich darf mich von so was nicht ausbremsen lassen. Ich kann nicht nach Deutschland gekommen sein, um dauernd gelähmt irgendwo rumzusitzen. Ich will Isa finden! Und dafür muss ich ans Set kommen und mit den Menschen sprechen, die in letzter Zeit am meisten um sie herum waren. Ich fahre zurück durch die verwinkelten Gassen von Buttenheim auf der Suche nach einer guten Idee, einem Schlupfloch oder einem genialen Trick. Aber an jeder Ecke, die auf die Straße des Levi-Strauss-Hauses führt, treffe ich auf eine Absperrung, vor der eine schaulustige Menschenmenge steht. Einmal versuche ich es noch bei einem anderen Mann, der genauso breitschultrig und berlinerisch ist wie der erste und leider auch genauso unnachgiebig.

Schließlich lehne ich mich an der Ecke zur Hauptstraße an eine Hauswand und überlege, über wen ich Bens Handynummer rauskriegen könnte. Da höre ich, wie in der Einfahrt neben mir der Motor eines Autos angeht, und sehe kurz darauf einen roten Golf auf die Straße fahren und Richtung Bamberg abbiegen. Das bringt mich auf eine Idee. Ich blicke mich prüfend um, entdecke aber niemanden in der Nähe. Also gehe ich die paar Schritte zur Einfahrt. Man sieht sofort, dass es sich hier um ein kinderfreundliches Haus handelt, zumindest ist die offen stehende Garage vollgestellt mit Bobbycars, Rollern und Kinderfahrrädern. Ich schleiche hinein und sehe an der hinteren Wand eine Tür. Bingo! Wenn das hier so ähnlich ist wie bei uns, kann ich mich durch die Gärten und Höfe vielleicht von hinten in den Setbereich schmuggeln. Klopfenden Herzens blicke ich mich noch mal um, obwohl mir klar ist, dass man sich kaum auffälliger verhalten kann. Schließlich drücke ich die Klinke runter. Mist! Die Tür ist verschlossen! Schnell suche ich die Regale rundherum nach einem Schlüssel ab, ohne dabei die Straße aus den Augen zu lassen. Wenn jemand kommt, dann ... Da! Im Blumenkübel liegt ein Schlüssel. Ich stecke ihn ins Schloss. Er passt. Super! Im nächsten Moment stehe ich in einem typischen fränkischen Hinterhof, verwinkelt, klein, ein großartiges Kletterparadies für Kinder, das über Kisten, Mauern und Bretterzäune von einem Hinterhof in den nächsten führt. Von hier aus kann ich die blechernen Stimmen der Walkie-Talkies hören, geschäftige Anweisungen und gehetzte Fragen, alles auf Amerikanisch. Ich durchquere den Garten, in ständiger Erwartung, dass jemand in meinem Rücken nach mir ruft. Aber niemand scheint mich zu bemerken. Also klettere ich am Ende des Gartens auf das Dach einer kleinen Holzhütte, um dann von dort auf das Garagendach des Nachbargrundstücks zu steigen. Von hier aus kann ich die Hinterhöfe perfekt überblicken. Ich habe es so gut wie geschafft. Nur eine etwas höhere Mauer trennt mich noch vom Set. Und zwar die einzige neue Mauer hier in der Gegend: die des Museumsneubaus. Ich ziehe mich hoch und sehe, dass auf der anderen Seite Mülltonnen stehen, wie für mich hingestellt. Auf die Weise muss ich nicht so tief hinunterspringen, sondern habe auf dem Deckel der grauen Restmülltonne eine super Zwischenstufe. Neben den Mülltonnen stehen geöffnete Container, silberne Koffer, Werkzeuge, komische, nicht identifizierbare Dinge. Dies scheint die Abstellecke für die Techniker zu sein. Im Moment bin ich hier hinten allein, aber wenn meine Vermutung richtig ist, kann jederzeit jemand kommen. Ich muss mich also beeilen. Mit Schwung bringe ich meine Beine auf die andere Seite der Mauer und lasse mich vorsichtig runter. Für einen kurzen Moment hänge ich in der Luft wie ein Stück Fleisch am Haken und ich kann nur hoffen, dass mich jetzt keiner sieht. Man würde mich nach einem ausgiebigen Lachkrampf sofort wieder zurück auf die andere Seite schubsen. Ich lasse los und lande wie geplant auf der Mülltonne, hinter der ich mich verstecke, um ein bisschen zu verschnaufen. Ich habe es geschafft und bin in Little Hollywood. Wären die Umstände andere, würde mich die Nähe zu Finn Holder und Mike Summer jetzt mindestens einen Nervenzusammenbruch kosten, aber die Umstände sind nun mal so, wie sie sind, und die beiden Stars sind mir erstaunlich egal. Über mir höre ich Stimmen. Im Levi-Strauss-Haus ist ein kleines Fenster geöffnet, logisch, bei den Temperaturen. Und ich könnte wetten, dass das die Stimme von Frau Kretschmer ist.

»Du reißt dich jetzt zusammen, hast du verstanden?«

Ich bewege mich nicht, stelle sogar das Atmen ein, um nichts zu verpassen. Aber es kommt leider keine Antwort. Stattdessen wieder Frau Kretschmers leicht gepresst klingende Stimme, als würde sie sich selbst um Mäßigung bemühen: »Kind! Es sind nur zwei Wochen hier in Deutschland und vier Wochen in Amerika. Danach holen wir sie wieder ab.« Ihr perfektes Hochdeutsch gibt der eh schon schneidenden Stimme eine Härte, die sogar im gepressten Zustand Angst einflößend klingt. Wenn Stimmen der Spiegel zur Seele sind, könnte Frau Kretschmers Seele in einem anderen Leben ein Diktator gewesen sein.

Ist das ein Schluchzen?, frage ich mich, als ich ein Nasehochziehen und glucksende Geräusche höre.

»Wenn du jetzt nicht sofort mit dem Heulen aufhörst, war alles umsonst. Reiß dich zusammen!«, zischt die Mutter.

»Aber sie tut mir so leid«, schluchzt Rebecca leise. »Ich fühle mich so schlecht.«

»Für hohe Ziele muss man Opfer bringen! Aus! Und jetzt wasch dir das Gesicht. Mit den Augen kannst du nicht vor Mike Summer und erst recht nicht vor die Kamera treten.«

Jemand dreht einen Wasserhahn auf und mir läuft es eiskalt den Rücken runter. Von welchen Opfern spricht sie da? Und wen wollen sie nach der Produktion abholen? Könnte eventuell Isa damit gemeint sein? Könnten die Kretschmers Isa womöglich weggesperrt haben, um die Rolle zu bekommen? Und nach der Produktion ... Ich denke den Gedanken nicht weiter, weil er mir völlig absurd vorkommt. Trotzdem – ich muss sie sprechen. Sofort!

Ich blicke an mir herab und ärgere mich über meine unmöglichen Klamotten: beige Sommershorts und ein T-Shirt mit einer riesigen Hand drauf, in deren Fläche ein schräger Smiley gezeichnet ist. Es ist kunterbunt. Zu bunt für jemanden, der nicht auffallen will. Kurz überlege ich, ob ich zurückgehen und aus einem Hinterhof ein unauffälliges T-Shirt von der Wäscheleine klauen soll, entscheide mich dann aber dagegen. Wer weiß, ob ich noch einmal so unbehelligt den Weg bis hierher schaffen würde.

Ich hole noch einmal tief Luft, versuche, ein möglichst gleichgültiges Gesicht aufzusetzen, und trete auf die Marktstraße.

Wow!

Es ist zwar schon lange her, dass wir mit der Schule hier gewesen sind, aber ich weiß, dass es so definitiv nicht ausgesehen hat. Die Häuserfronten sind alt und runtergekommen und die Straße besteht hauptsächlich aus Matsch. Scheinbar hat man alles in den Zustand des 19. Jahrhunderts zurückversetzt, zumindest einen kleinen Abschnitt. Komparsen stehen in Grüppchen im Matsch und unterhalten sich. Sie sind alle in lange Lumpen gekleidet, die unten entsprechend dreckig sind. Auch das Levi-Strauss-Haus selber wurde für die Produktion verändert. Normalerweise hat das Museum eine gepflegte, blau-weiße Fassade. Jetzt sieht es einfach nur graubraun und traurig aus.

Mir wird klar, dass ich mit meinem staunenden Gesichtsausdruck kaum auffälliger aussehen kann, also gebe ich mir einen Ruck und betrete das Levi-Strauss-Haus. Als mir jemand entgegenkommt, werde ich freundlich gegrüßt, was mir meine Anspannung nimmt. Hier wuseln so viele Menschen rum, dass sie sich anscheinend nicht alle kennen. Ich bin sozusagen »drin« und außer Gefahr.

Im Haus ist es tierisch eng. Man kann sich kaum bewegen, da die Räume sowieso schon sehr klein und vor allem niedrig sind. Außerdem stehen überall Kisten, Geräte und Scheinwerfer herum. Alle Museumsexponate sind weggeräumt und der Urzustand ist wiederhergestellt worden. Die Wände sind nackt und in einer Ecke liegt ein Strohsack. Darauf haben sie früher geschlafen, das weiß ich noch damals von der Führung. In dem Moment fällt mir auch wieder die Nachricht ein, die ich noch in Amerika gelesen habe:

Finn Holder wird während der Produktionszeit in Deutschland möglichst oft in Levi Strauss' Geburtshaus übernachten, das eigens für den Filmdreh in seinen früheren Zustand zurückversetzt wird. Auf die Weise könne er sich besser in die Rolle einfühlen, so der Star.

Hier also liegt Finn Holder nachts und schläft, denke ich und blicke auf den Strohsack, in dem eine kleine Kuhle zu sehen ist.

»Excuse me!« Ich werde sanft zur Seite geschoben, zwei Männer drängen sich an mir vorbei, die Treppe hinauf. Ich folge den beiden, denn das Zimmer, aus dem die Stimmen der Kretschmers kamen, liegt im ersten Stock. Oben angekommen habe ich etwas Mühe, mich zu orientieren, da hier drin alles total verwinkelt und eng ist. Erst als ich aus einem Fenster blicke, weiß ich, an welcher Seite die Mülltonnen beziehungsweise die Kretschmers sind.

Auch hier oben ist freigeräumt, sogar die Stellwände wurden beseitigt, vielleicht aus Sorge, dass sie beschädigt werden könnten. Eine niedrige Tür befindet sich genau an der Stelle, wo ich die Kretschmers vermute. Sie ist verschlossen und ich überlege, ob ich einfach klopfen und hineingehen soll. Plötzlich kommt eine junge Frau, grüßt mich mit einem Nicken und klopft an die Tür.

»Ja«, ertönt Frau Kretschmers Stimme.

»Könnte Rebecca bitte in Finn Holders Garderobe kommen? Mike und Finn möchten etwas besprechen.«

»Natürlich«, antwortet Rebecca.

»Und ...«, die Frau macht eine kaum wahrnehmbare Pause, »... bitte allein.«

»Ja, mach ich«, antwortet Rebecca und die Frau verschwindet. Das Mutter-Kretschmer-Problem scheint also allgemein bekannt zu sein.

Die Tür öffnet sich und Rebecca kommt raus.

»Oh, hallo«, sagt sie erschrocken. Ihre Augäpfel zucken unruhig, als sie mich sieht, als könne sie sich nicht entscheiden, worauf sie ihren Blick fixieren soll. »Hallo«, sagt sie überflüssigerweise noch einmal und ich erwidere ihren Gruß.

»Kann ich dir helfen?«, fragt sie.

»Nein«, antworte ich, denn ich habe bereits beschlossen, sie zu Finn Holder ziehen zu lassen und mir ihre Mutter alleine vorzuknöpfen. »Geh nur, auf dich warten wichtigere Dinge.« Meine Bemerkung klingt sarkastischer, als ich wollte. Rebecca geht und ich klopfe an die geöffnete Tür.

»Ja?«, sagt Frau Kretschmer und dreht sich zu mir. Sie ist gerade damit beschäftigt, ein paar Sachen in eine Tasche zu räumen.

»Oh ... äh ... die Schwester von Isabel.« Sie kommt mit ausgestreckter Hand auf mich zu. »Entschuldige, Kindchen, ich habe deinen Namen vergessen.«

»Sophie«, antworte ich und beobachte, wie sie ihre

Hand langsam wieder sinken lässt, nachdem ich keine Anstalten mache, sie zu schütteln.

»Ja, natürlich, Sophie. Was kann ich für dich tun?«

»Geht es Rebecca nicht gut? Sie sieht aus, als hätte sie geweint.«

»Geweint? Rebecca?« Ein kurzes Zögern, ein Sammeln der Fakten, eine Suche nach Ausreden ... Frau Kretschmers Gesicht ist ein offenes Buch. Sie ist keine gute Schauspielerin.

»Nein, sie ist nur etwas müde von den letzten Tagen«, sagt sie schließlich. »Du kannst dir ja vorstellen ...« Sie spricht nicht weiter. Wahrscheinlich wurde ihr gerade bewusst, wie absurd sich das für mich anhören muss. Wir stehen uns schweigend gegenüber, es ist ein extrem lautes Schweigen und ich halte, genau wie sie, dem Augenkontakt stand.

»Was machst du eigentlich hier?«, fragt Frau Kretschmer schließlich. »Es bekommen doch nur Crewmitglieder Zugang, oder nicht?«

Und was machen Sie dann hier?, will ich am liebsten zurückfragen, tue es aber nicht. Da kommt mir zum Glück eine Idee: »Ich arbeite hier als Kabelträgerin. Ein Freund hat mir den Job besorgt.« Ich mache eine kurze Pause und durchsuche Frau Kretschmers makellos geschminktes Gesicht nach Zweifelsfalten, kann aber keine finden. Also fahre ich fort: »Und die Kabel lagern in den Alukoffern, die hier an der Hauswand stehen.« Ich zeige zum Fenster und hole tief Luft zum Angriff. »Na ja ... und da habe ich Ihr Gespräch gehört.«

»Welches Gespräch?«, fragt sie betont beiläufig und packt weitere Sachen in eine Reisetasche.

»Das Gespräch mit Ihrer Tochter«, antworte ich mit fester Stimme. »Was für Opfer mussten Sie bringen, um hier sein zu können? Und wen holen Sie nach der Produktion wieder ab?«

Sie lässt die Reisetasche los, schießt aus der gebückten Haltung in die aufrechte und nagelt mich mit ihrem Blick fest. »Du hast gelauscht?«

»Nein, ich habe gearbeitet und Sie hatten einen Streit bei geöffnetem Fenster.«

Reflexartig dreht sie ihren Kopf in Richtung des geöffneten Fensters, wo ihr Blick hängen bleibt. Wieder breitet sich eine zähe Stille zwischen uns aus.

»Okay«, sagt sie schließlich, dreht sich zu mir zurück und zwingt mich mit sanftem Händedruck auf einen Stuhl. Jetzt steht sie dicht neben mir und ich verkrampfe mich, denn ihre Hand auf meiner Schulter und ihr Blick von oben auf mich herab fühlen sich nicht gut an.

»Pass auf. Eigentlich geht dich das nichts an, aber damit du nichts Falsches über uns denkst und das am Ende auch noch verbreitest: Unser Disput hat nichts mit deiner Schwester zu tun. Es handelt sich um eine Familienangelegenheit.«

Ähnliches hätte ich an ihrer Stelle auch gesagt, denke ich, und als sie nicht weiterspricht, sage ich: »Und wenn ich Ihnen das nicht glaube?«

»Ich bitte dich, Herzchen ...« Jetzt nimmt sie mich sogar von der Seite in die Arme und drückt mich an ihre

Oberschenkel. Schnell entwinde ich mich ihr, stehe auf und lehne mich gegen die Fensterbank, so weit weg wie möglich.

»Ich kann es dir nicht erzählen, aber glaub mir, es hat nichts mit dir oder deiner Familie zu tun.«

»Warum darf ich es dann nicht wissen?«

»Du weißt, was passieren kann, wenn die Zeitungen dunkle Geschichten aus dem Leben eines Stars aufschnappen.«

Ich schlucke, bewege mich aber keinen Millimeter und kann ihrem Blick ebenso fest standhalten wie sie meinem. Unsere Augen führen einen eigenen Krieg gegeneinander und im Moment steht es noch unentschieden.

»Deiner Schwester haben sie mit ihrer Vatergeschichte einen Dolch mitten ins Herz gerammt. Wir wissen alle, wohin das geführt hat. Die Presse und die Öffentlichkeit verwandeln sich in Hyänen, sobald man berühmt ist, widerlich geradezu. Es ist tragisch und es tut mir aufrichtig leid. Aber ich werde nicht zulassen, dass Rebecca das Gleiche zustößt.«

Mit diesen Worten wendet sie sich wieder der Reisetasche zu. Mir schwirrt der Kopf. Wenn sie nichts mit Isas Verschwinden zu tun hat, kann ich ihre Verschwiegenheit verstehen. Andererseits könnte die Erwähnung des Zeitungsartikels auch Taktik sein, mich mundtot zu machen. Zutrauen würde ich es ihr. Aber sie kennt mich nicht, sie weiß nicht, wie sehr ich meine Schwester liebe. Ich werde nicht zum Schutze eines Ersatzstars die Klappe halten, definitiv nicht! Und ich beschließe, das dunkle Kapitel der Familie Kretschmer rauszufinden, vorher werde ich keine Ruhe geben.

»Komm«, sagt Frau Kretschmer und packt mich am Unterarm. »Gleich fängt die erste Außenaufnahme an. Du darfst auf Rebeccas Stuhl sitzen.« Keine Ahnung, ob sie mein Schweigen als Zustimmung interpretiert oder einfach auf nett macht, um mir Honig ums Maul zu schmieren. Auf jeden Fall strahlt sie mich an wie ein kleines Mädchen, das gleich eine Prinzessin sieht. Die Frau ist echt durchgeknallt.

Draußen wundere ich mich, dass es so ruhig ist. Das Set ist leer gefegt.

»Oh, sie sitzen schon bei der Besprechung«, sagt Frau Kretschmer und geht durch einen anderen Eingang die Treppen nach oben zu einer zweiflügeligen Tür. Langsam und geräuschlos öffnet sie sie und wir schlüpfen hinein. In dem Saal sitzen etwa 80 Menschen, die gebannt einem auffällig kleinen Mann lauschen, der auf einem Flipchart ein wildes Gemälde mit Pfeilen und Kreuzen erklärt. Summer. Das ist Summer, der quirlige und vor allem ECHTE Mike Summer. Kurz darauf entdeckte ich Ben, der beinebaumelnd auf der Fensterbank sitzt und ebenfalls dem Vortrag lauscht. Und in der ersten Reihe sehe ich Finn Holder, neben Rebecca. Das also ist Hollywood, denke ich und staune über die nüchterne Arbeitsatmosphäre, kein Glimmer, kein Gekreische, einfach nur Konzentration.

Plötzlich hält jemand sein Handy hoch, ich glaube, es ist ein Komparse, und ruft laut auf Amerikanisch: »Sie haben eine Leiche im Main gefunden. Eine Jugendliche im Alter von 14 bis 20. Sie hat lange braune Haare.«

Sofort höre ich überall im Raum laute Entsetzensausrufe und es braucht einen kurzen Moment, bis ich verstehe, was dieser Mann da gerade gesagt hat. In meinen Ohren rauscht es, als würde mein gesamtes Blut wasserfallartig aus meinem Kopf nach unten stürzen. Bilder schießen wie Discoblitze durch mein Bewusstsein. Grässliche Bilder.

Eine Leiche. Das Gesicht nach unten. Wasser. Starre Augen ... Mir wird schwindelig. Ich halte mich am Türgriff fest und bekomme nur durch einen Schleier mit, wie Frau Kretschmer neben mir »Oh Gott!« flüstert und sich auf einen leeren Stuhl direkt neben der Tür sinken lässt, wie weitere Rufe durch den Raum tönen: »Woher weißt du das?« – »Ist es Isabel?« – »Hast du ein Foto?« Und wie Ben auf einmal vor mir steht und mich rausführt. Es ist nicht wahr. Es ist ein Traum.

Wach auf, Sophie. Wach auf!

Los!

Aber ich wache nicht auf. Ich lasse alles geschehen. Ben stellt mir lauter Fragen, aber ich kann nicht antworten, höre mich immer nur »Isa« stammeln. Und neben all dem Tumult, der in meinem Rücken herrscht, und meinem Schwindel und dem auf mich einredenden Ben spüre ich vor allem meine Fassungslosigkeit. Wie habe ich mich so täuschen können? Ich hatte gedacht, meine Schwester zu kennen wie sonst kein anderer auf der Welt, nicht mal sie selbst.

Welch entsetzliche Selbstüberschätzung!

Isa ist ins Wasser gegangen.

Ein Schrei überrollt mich, ich schluchze, ich spüre Arme, höre tröstende Stimmen, es werden immer mehr Menschen, ich nehme alles wahr wie unter Wasser – verzögert, dumpf.

Videotagebuch – 20.06.

Was für ein Abend, was für ein absolut wahnsinniger, megakrasser Abend! Ich muss mich beeilen mit dem Draufsprechen, weil es eigentlich viel zu spät ist. Aber ich muss jetzt einfach kurz von diesem Tag erzählen, sonst platze ich.

Erst mal das Wichtigste: Ich bin in die letzte Runde gekommen. Es sind nur noch Rebecca und ich übrig. Ich hab's echt bis zum Finale geschafft! Mein Gott, ich flipp total aus. Jetzt darf ich nicht mehr rausfliegen. Auf keinen Fall! Das darf einfach absolut nicht passieren.

AUA! Mist, jetzt hab ich mir die Hand gestoßen. Menno ...

Es ist zwölf Uhr nachts. Die Show hat bis zehn Uhr gedauert. Es war so unglaublich spannend. Erst mussten wir singen. Ich hasse singen und ich hätte wetten können, dass ich es verkackt hab. Danach kam eine Improvisation. Ich krieg jetzt noch 'ne Gänsehaut, wenn ich dran denke. Die Familie Strauss ist ja erst nach Amerika ausgewandert, nachdem der Vater und damit ihre wichtigste Verdienstquelle gestorben war. Und wir sollten uns von ihm verabschieden. Am Grab. Einen Tag, bevor es nach Amerika ging. Alle vier Kandidatinnen auf einmal. Das war so heftig. Wenn man weiß, dass die ganze Nation auf jede Bewegung von einem achtet und man dabei Trauer und Vorfreude zugleich empfinden muss ... Wow, ich hätte nicht gedacht, dass das so gut laufen würde. Ich bin nur froh, dass ich so viel geübt und trainiert habe. Wir haben die Aufgabe ein paar Minuten vorher gesagt bekommen und hatten nicht viel Zeit, uns vorzubereiten. Vorfreude zu empfinden, war kein Problem, schließlich waren wir dem Ziel schon extrem nah. Die Trauer war schon schwieriger. Ich hab natürlich sofort an Papa gedacht und wollte mir die Zeit rund um seinen Tod ins Bewusstsein holen. Doch dann kam noch was viel Stärkeres. Etwas, das mich schrecklich gequält hat. Ich habe es damals nur Mama erzählt. Nicht Sophie, weil ... ach, ich weiß auch nicht. Ich hatte irgendwie Angst, dass es noch größer werden würde, wenn sie es auch wissen würde. Bei Mama war es gut aufgehoben. Danach habe ich es völlig vergessen, als hätte ich es Mama nicht nur erzählt, sondern gegeben, als wär ich es losgeworden, für immer. Erst heute Abend, kurz vor dem Auftritt, war es zum ersten Mal wieder da. Wer hätte je gedacht, dass mir das jemals nützlich sein würde ... dieses Gefühl beim Aufwachen, damals, als sie mich halb tot aus dem Wasser gezogen haben ... dieser eine kurze Moment, als ich kapiert habe, dass Papa in dieses schwebende Nichts weggeflogen ist, während ich am Strand lag, in der gleißenden Sonne mit tierischen Lungenschmerzen. Dieser Augenblick der Enttäuschung war mit einem Mal so präsent wie an dem Tag selber. All die Panik um mich herum und dieses zermarternde Bild vom davonschwimmenden Surfbrett vor meinen Augen. Da hab ich tatsächlich auf der Bühne angefangen zu heulen. Es kam ganz von selbst. Die Scheinwerfer, das Publikum, die Kameras, die Jury ... alles war weg. Da war nur meine Trauer um Papa und um meinen nicht gestorbenen Tod. Und so flossen die Sätze wie die Tränen. Ganz selbstverständlich. Es war wirklich verrückt. Nach einer Weile war ich wie ... ja, wie soll ich sagen? Als wäre ich fünf Kilo leichter oder so. Auf jeden Fall bin ich wie aus einer Trance aufgewacht und habe mich zum Glück genau im richtigen Moment an die Aufgabe erinnert. Und dank meines Trainings konnte ich wie durch Knopfdruck die Vorfreude kommen lassen. Von den anderen habe ich nur wenig mitbekommen. Rebecca war auch nicht schlecht, das habe ich aber erst in den Ausschnitten gesehen, die sie vor der Entscheidung auf dem großen Monitor gezeigt haben.

Wiebke war nach der Improvisation nicht mehr sie selbst. Wahrscheinlich hat sie da schon gespürt, dass sie draußen war. Und so kam es ja dann auch. Ganz ehrlich – ich hatte in dem Moment Mitleid mit ihr. Sie hat nach der Entscheidung heulend in einem Interview gesagt, dass ich nur besser gewesen sei, weil ich mich wegen Papa besser einfühlen konnte. Damit mag sie ja recht haben, aber wie geschmacklos! Merkt die das nicht? Mich hat sie mit den Worten »Man sieht sich immer zweimal im Leben« verabschiedet. Das war ganz klar eine Drohung. Wie lächerlich! Bin ich froh, dass ich die los bin.

Und dann ist noch was passiert. Es kommt mir alles vor wie im Traum. Nils, also der Kameramann, von dem ich schon erzählt habe, der ... der hat mich geküsst. Er hat an mein Hotelzimmer geklopft, weil er noch Licht gesehen hat. Mir ist das Herz in die Hose gerutscht, als er vor mir stand. Diese Augen! Er hat dunkle Haare und hellblaue Augen. So was hab ich noch nie gesehen. Wenn mein Gesichtsausdruck auch nur annähernd meinem Gefühl ähnelte, muss ich völlig bescheuert ausgesehen haben. Aber er hat mir einfach seine Hand hingestreckt, ich habe sie genommen, er hat mir gratuliert und dann meine Hand nicht mehr losgelassen. Sein Blick hat erst meinen Atem, dann meinen Verstand, schließlich mein Herz außer Kraft gesetzt. Wenn ich die Gedanken, die mir in diesem Augenblick durch meinen Kopf geschossen sind, alle aufschreiben würde, wäre das ein ganzer Roman. Nach einer gefühlten Ewigkeit hat er mich geküsst und ich habe ihn zurückgeküsst. Lange. Leidenschaftlich. Es war so schön. So warm. So weich.

...

Oh Mann, in mir herrscht Chaos! Einerseits bin ich megaglücklich, weil ich ihn total mag, von Anfang an. Aber eigentlich will ich das alles nicht. Noch nicht. Ich will erst diese Show gewinnen, dann schauen, was mit Jakob ist, und dann, dann ... wird passieren, was passieren muss.

Montag, 30.06., 16:00 Uhr

Ich sitze in einem Auto. Es ist alt und zugemüllt. Ben sitzt neben mir. Er fährt. Keine Ahnung, wohin.

»Wo fahren wir hin?«, frage ich.

»Ich bringe dich nach Hause.«

»Nein!« Ich erschrecke selber von meiner Entschlossenheit. »Ich will an den Main. Ich will sie sehen. Jetzt!«

»Das geht nicht.«

»Warum nicht?«

»Es wird abgesperrt sein. Sie lassen uns nicht durch.«

»Fahr hin oder lass mich raus. Jetzt!«, schnauze ich Ben an.

»Okay. Warte. Ich muss erst googeln, wo genau am Main das sein soll.«

Ben hält an, googelt, sagt etwas, fragt etwas, fährt weiter. Ich schweige. Versuche, mich auf das einzustimmen, was auf mich zukommt. Kann man sich auf so was überhaupt einstimmen? Damals war ich davon überzeugt, dass Papa gleich aufstehen würde. Ich wusste, dass das, was da passierte, nicht passierte, nicht passieren konnte, einfach weil ich es nicht wollte.

WEIL ICH ES NICHT WOLLTE!

Ich war ruhig, total ruhig, nur auf Isa konzentriert, streichelte sie, drückte sie an mich. Dann, auf einmal, ich erinnere mich noch genau, kam der Moment, als ich kapierte, dass das Schicksal stärker war als mein Wille. Es fühlte sich an wie ein Blitzeinschlag, der sekundenschnell alles zerstörte und nichts als verkohlte Asche zurückließ.

Trotzdem ist es jetzt wieder so. Ich weiß, dass das nicht Isa ist, die tot aus dem Main gefischt wurde.

Ich weiß es einfach.

Wenige Minuten später sind wir da. Man sieht von der Straße aus die Wasserwacht, diverse Wagen mit Blaulicht und viele Menschen am Ufer stehen. Kamerateams sehe ich auch. Klar, Isa war schließlich der Star der Stunde, der kurzlebigste Star aller Zeiten.

Ben fährt einen holprigen Feldweg, so weit er kann, runter in Richtung des Fundorts, dann lassen wir den Wagen stehen und gehen den Rest zu Fuß. Ich merke, wie mein Herz pumpt und ich mir gar nicht mehr so sicher bin, ob ich wirklich dorthin will. Eine Stimme sagt mir, ich soll es lassen. Keine Ahnung, wie jemand aussieht, der tagelang bei diesen Temperaturen im Wasser gewesen ist. Jedes Jahr werden Leichen aus dem Main gezogen und immer wieder kursieren die gruseligsten Geschichten. In meinem Hals steckt ein derart dicker Kloß, dass ich nur sehr schwer atmen kann. Was, wenn es doch Isa ist? Was soll ich dann tun?

»Was mache ich, wenn es Isa ist?«, frage ich laut.

»Ich weiß es nicht«, antwortet Ben und bleibt stehen. »Sollen wir wieder fahren?«

»Nein!«, sage ich sofort. »Ich muss es wissen!«

Plötzlich stehen wir vor einer Absperrung, vor der sich einige Menschen versammelt haben. Es sind allerdings lange nicht so viele wie in Buttenheim, sodass ich durch die Gruppe hindurch einige Blicke auf den etwa 30 Meter entfernt liegenden Fundort werfen kann. Vier Menschen hocken in einem Kreis und ich vermute mal, dass sie alle auf ...

Haare, braune, lange Haare.

Der Kloß in meinem Hals tut höllisch weh.

»Entschuldigung«, sage ich zu dem uniformierten Beamten, der in der Nähe des Absperrbandes steht. »Ich möchte bitte ... ich bin ...« Ich räuspere mich und fange noch einmal anders an: »Weiß man schon, wer das ist?«

Der Beamte schüttelt den Kopf. »Nein. Sie wurde noch nicht identifiziert.«

»Ist es Isabel Mainhard?«, fragt ein Reporter mit einem Mikrofon in der Hand.

Der Beamte rollt mit den Augen. »Das fragen Sie jetzt schon zum dritten Mal. Ich kann Ihnen darüber keine Auskunft geben. Warten Sie bitte die Pressekonferenz ab.«

»Ich ... ich bin die Schwester von Isabel Mainhard«, sage ich möglichst leise, damit es nur der Beamte hört. »Brauchen Sie jemanden zum Identifizieren?«

Der Polizist schaut mich an und in seinen Augen glaube ich Mitleid und Misstrauen zugleich zu sehen. »Warten Sie hier. Ich frage kurz.«

Er geht zu den vier Menschen hinüber. Im Hintergrund

nähert sich ein Leichenwagen, er fährt rückwärts möglichst dicht ans Wasser heran. Ich atme tief ein und aus. Jemand nimmt meine Hand. Ich blicke zur Seite. Es ist Ben. Ich umklammere seine Finger. Es ist gut, dass er da ist, sehr gut sogar.

Der Beamte kehrt zurück. »Kommen Sie«, flüstert er mit einem mitfühlenden Lächeln und hält mir das Band hoch. Ich lasse Ben nicht los, also kommt er einfach mit. Als wir ein paar Schritte gegangen sind, sagt der Beamte: »Entschuldigen Sie, aber man hat mich gebeten, Sie nach Ihrem Ausweis zu fragen.« Die Frage ist ihm sichtlich peinlich. Ich lasse Bens Hand los und krame mein Portemonnaie aus meiner Hosentasche, in dessen Außenreißverschluss mein Personalausweis steckt.

»Wissen Sie, wir müssen uns einfach absichern, wir haben schon so schreckliche Sachen mit der Presse erlebt«, fügt er entschuldigend hinzu. Als er meinen Ausweis gesehen hat, gibt er ihn mir zurück und lässt uns allein ans Flussufer gehen. Ich umklammere wieder Bens Finger und mit der anderen Hand halte ich mir den Mund zu, damit ich nicht laut losschreie, wenn ich gleich in Isas ...

»Sie sind Frau Mainhard?«, fragt ein Mann, der sich, ohne dass ich es gemerkt habe, von der Gruppe gelöst hat und auf uns zugekommen ist. Ich nicke.

»Sind Sie in der Lage, die Leiche zu identifizieren?«

Ich nicke wieder, obwohl in mir eine Stimme so laut NEIN schreit, dass mir fast das Trommelfell platzt.

»Gut«, sagt der Mann. »Darf ich?« Er löst meine Hand von Bens und führt mich alleine die paar Meter zum

Ufer. Ben bleibt zurück. Kurz überlege ich zu protestieren, doch dazu fehlt mir die Kraft.

Die Leiche ist bereits in einem Leichensack. Der Mann öffnet den Reißverschluss. Ich halte die Luft an. Es ist ein Film. Es ist nicht die Realität. Braune Haare. Eine Stirn. Weiß. Und ein Gesicht. Es ist ...

Nein, das ist nicht Isa. Die Leiche ist nicht Isa!

»Es ist nicht Isa«, sage ich und atme wieder. Ein Schluchzer entweicht meiner Kehle.

Anspannung.

Erleichterung.

Plötzlich läuft alles bei mir, die Augen, die Nase. Und ich wische mein Gesicht mit meinem Handrücken trocken. Der Mann führt mich wieder weg von der Leiche und Ben nimmt meine Hand.

»Es ist nicht Isa, es ist nicht Isa. Ben, du hast es doch auch gesehen, oder? Die Leiche ist nicht Isa.«

»Nein, sie war es nicht«, bestätigt mir Ben. Dann knicken mir die Beine weg und die beiden Männer halten mich, damit ich nicht ins Gras sinke.

»Vielen Dank, Frau Mainhard. Das haben Sie sehr gut gemacht«, sagt der Mann.

»Es ist nicht Isa«, wiederhole ich meine Worte wie ein Mantra. Ich kann sie einfach nicht oft genug hören. »Aber wo ist sie dann?«

»Wir werden sie weiter suchen. Das verspreche ich Ihnen«, antwortet der Mann und lässt uns allein.

Montag, 30.06., 17:00 Uhr

Ben setzt mich zu Hause ab. Ich renne in die Küche, denn seitdem ich in Bens Auto gestiegen bin, will ich nur noch eins: nach Hause, um Mama zu erzählen, dass die Tote am Main nicht Isa ist. Mama hat nämlich oft in ihrer Küche das Radio laufen und flippt vielleicht gerade aus.

Bingo. Als ich in die Küche trete, sehe ich Mama, wie sie völlig zusammengesunken auf ihrem Hocker sitzt, das neue Foto von Isa auf ihrem Schoß und das Telefon neben sich auf der Ablage.

»Mama! Sie ist es nicht!«, rufe ich und trete vor sie.

»Ach Sophie«, sagt sie kraftlos. »Ich habe mit der Polizei telefoniert. Ich soll hinfahren, um sie zu identifizieren. Kommst du mit? Bitte!«

»Mama! Sie ist es nicht!«, wiederhole ich meinen Satz und packe sie bei ihren Schultern.

»Kind!«, sagt sie aufgebracht. »Das ist die Realität, Sophie. Das ist die Realität. Sieh sie endlich. Du musst sie sehen. Komm bitte mit.«

»Oh Gott, Mama. Hör mir doch zu!«

Und das tut sie dann zum Glück. Ich erzähle ihr, dass ich gerade die Leiche gesehen habe und dass es nicht Isa ist. Aber erst, nachdem sie noch einmal die Polizei angerufen hat und die ihr alles bestätigen, beruhigt sie sich.

Wir nehmen uns in die Arme und halten uns eine Weile fest.

»Oh Gott, der Braten!«, ruft sie, macht sich von mir los und läuft zu dem qualmenden Ofen. Das Leben geht weiter, wie immer.

Ich gehe hoch und setze mich ans Fußende von Isas Bett. Meine Gedanken kreisen ununterbrochen um die Tote. Immer wieder versuche ich, mich zu konzentrieren und zu überlegen, was ich als Nächstes tun könnte, um Isa zu finden. Doch meine Gedanken rutschen ständig zu der Leiche im Main. Sie sah schrecklich aus mit ihrem aufgedunsenen Gesicht und der Haut, die ...

Um das Bild zu verscheuchen, stehe ich ruckartig auf und setze mich auf den Schreibtischstuhl. Ich muss meine Gedanken enger an die Kandare nehmen, wie bockige Pferde, sonst galoppieren sie davon. Grob rubbele ich mit den Handflächen mein Gesicht. Okay, was mache ich als Nächstes? Soll ich wieder zurück ans Set fahren und mehr über das Geheimnis der Kretschmers recherchieren? Zeit hätte ich, denn von Ben weiß ich, dass sie heute einen Nachtdreh bis 22 Uhr haben.

Doch da fällt mir ein, dass es noch einen viel besseren Rechercheort gibt: das Hotelzimmer. Da reinzukommen, ist ein Kinderspiel. Ich überlege, ob ich Mama einweihen soll, beschließe dann aber, es nicht zu tun, weil sie sicher dagegen wäre.

Plötzlich weht ein Wind durch den Gazevorhang des

Himmelbetts und das Fenster klappert. Ich stutze. Fand ich das nicht heute Morgen schon eigenartig? Ich stehe auf und gehe rüber zum Fenster, um es zu schließen. Irgendwas ist komisch hier. Ich blicke mich um, kann aber nichts finden. Es ist so ein dubioses Gefühl, nicht allein zu sein. Bilde ich mir das nur ein? Ich halte die Luft an und lausche. Nein, kein Laut, nur Stimmen aus der Gästeetage. Wahrscheinlich drehe ich langsam durch, denke ich und mache das Fenster zu. In dem Moment weiß ich, was es ist: der Geruch.

Ich bücke mich und schnuppere an Jakobs Parfümfläschchen, das auf dem Bettrand steht. Das ist es. Jemand hat dieses Parfüm benutzt und sich dann ... Ich knie mich aufs Bett und rieche am Kopfkissen. Genau – und sich dann in dieses Bett gelegt. Das muss heute passiert sein, denn ich kann mich nicht erinnern, den Geruch gestern wahrgenommen zu haben. Außerdem habe ich auch nicht das Fenster geöffnet. Okay, hier ist offensichtlich was faul und ich beschließe, dem nachzugehen.

Es ist ein merkwürdiges Gefühl, aus dem Fenster zu klettern, denn vor circa zehn Jahren haben Isa und ich das fast täglich gemacht. Ab dem Moment, als Papa uns *Karlsson vom Dach* vorgelesen hat, wurden die Dächer der Umgebung unsere Welt. Es war ein Paradies, dieses Wirrwarr aus Dächern, Schrägen, Nischen, Luken, kleinen und großen Stufen und ebenen Flächen. Und abends vor dem Einschlafen haben wir uns Gruselgeschichten erzählt, von Verbrechern, die sich in unserer verschachtelten Dächerwelt versteckt hielten. Als wir älter wurden, haben sich die Verbrecher in die Jungs verwandelt, in die wir verliebt waren. Mein Gott, was haben wir vor dem Einschlafen für einen Unsinn zusammengequatscht!

Hier sieht es aus wie immer. Unsere Familienetage ist wesentlich kleiner als der Gästetrakt im ersten Stock, sodass wir vor unseren Fenstern ein riesiges Flachdach haben, das wir als Terrasse nutzen könnten, es aber nie tun. Nur die private Wäsche wird hier aufgehängt, wenn die Sonne scheint.

Das Dach über unserem Familientrakt verläuft von der Terrasse an in einer leichten Schräge nach oben, sodass man auf allen vieren bequem zur Schcune des Nachbarn krabbeln kann. Wenn es geregnet hat, sind die Ziegel zu rutschig, aber heute ist das Wetter ideal für so eine Aktion. Ich gelange problemlos nach oben zur Scheunenwand und taste mich an ihr entlang bis zur nächsten Mauer. Wenn ich mich an ihr hochstemme, gelange ich auf das Flachdach unseres Nachbarn. Das erfordert allerdings viel Kraft. Zu zweit haben wir hier immer die Räuberleiter gemacht. Aber alleine? Plötzlich sehe ich eine kleine Vertiefung in der Wand, gerade groß genug, um einen Schuh reinzustellen und sich nach oben zu drücken. Das ist neu, denke ich und da kommt mir ein verrückter Gedanke. Was, wenn Isa sich hier versteckt hält? Sie kennt die Dächer so gut wie ich und weiß, wo man sich verkriechen kann. Vielleicht hat sie einen Grund, sich tot zu stellen, und hat den Selbstmord nur inszeniert, um jemanden zu täuschen? Wenn dem so ist, dann ist sie hier, das steht fest. Und dann bin ich die Einzige, die sie finden kann. Ich stelle meinen Fuß in die Kerbe, ziehe mich hoch und stehe auf dem Flachdach. Von hier aus kann man durch eine offen stehende Luke in einen paradiesischen Dachboden steigen. Möglichst geräuschlos krieche ich durch das viel zu eng gewordene Loch. Es ist lange her, dass ich das letzte Mal hier gewesen bin, aber es sieht noch genauso aus wie früher. Der Dachboden ist vollgestellt mit uralten Möbeln, auf die sich im Laufe der Jahrzehnte eine dicke Staubschicht gelegt hat, sodass ihre früheren Farben verschwunden sind. Es ist alles in ein mattes Grau getaucht und übersät von Spinnweben. Alte Überseekisten, Lampen, zusammengerollte Teppiche, Schränke, ein stilvoll verzierter Schreibtisch ... mehrere Leben scheinen hier abgestellt worden zu sein, entsprechend gerne haben wir uns hier aufgehalten, denn dies war der Ort, wo Isa und ich trotz unseres Altersunterschieds super zusammen spielen konnten. Riesige Schlösser, Burgen, ganze Welten haben wir uns gebaut und es haben sich die herzzerreißendsten Dramen abgespielt.

Da! Ich hatte recht! Auf einem mit rotem Samt überzogenen Sofa hat sich jemand ein notdürftiges Zuhause eingerichtet.

»Isa!«, rufe ich und renne hin. Keine Antwort. Ich schaue mir die Sachen an, die auf dem Sofa verstreut herumliegen. Viele sind es nicht: eine Taschenlampe, ein Schlafsack, zwei Wasserflaschen, eine Packung Kekse, eine Zeitung. Keine Tasche, keine weiteren Lebensmittel, nichts, was über die Identität der Person Auskunft geben könnte.

Ich schaue mir den Schlafsack näher an und rieche sofort das Parfüm. Jakob!, denke ich und drehe das Teil auf die linke Seite, in der Hoffnung, darin etwas Verräterisches zu finden. Und tatsächlich: Unten am Fußende ist ein Schild eingenäht, auf dem Jakobs Name und seine Adresse steht. Ein Schild, wie man es kleinen Grundschulkindern in die Pullis einnäht, damit sie ihre Sachen vom Landschulheim wieder nach Hause bringen. Im ersten Moment bin ich enttäuscht. Doch dann suche ich jeden Winkel des Dachbodens ab. Wer sich so komisch verhält und sich auf fremden Dachböden einnistet, um in das Zimmer der verschwunden Freundin zu klettern, ist definitiv nicht normal und damit mein Hauptverdächtiger. Nach einer Weile gebe ich auf. Er ist nicht hier, zumindest im Moment nicht. Aber um hier auf ihn zu warten, bis er von wo auch immer zurückkommt, fehlt mir die Ruhe. Also entscheide ich mich, zur Polizei zu gehen, und klettere wieder über die Dächer zurück in Isas Zimmer.

Doch als ich kurz darauf auf dem Weg nach unten an meinem alten Zimmer vorbeikomme, zögere ich. Die Versuchung, mich bei den Kretschmers umzusehen, ist riesig. Und ich weiß, dass die Möglichkeit, erwischt zu werden, im Moment sehr gering ist. Die beiden sind in Buttenheim, Drehschluss ist wegen des Nachtdrehs erst um 22 Uhr und Mama hat Hochkonjunktur in der Küche.

Zur Polizei kann ich auch später noch gehen. Ich lausche. Es ist ein bisschen Leben im Hotel, wie immer um die Zeit, wenn die Gäste nach einem ausgefüllten Touristentag kurz ins Hotel kommen, um sich zurückzuziehen und für das Abendessen fertig zu machen. Aber das Hotelleben hört zum Glück im ersten Stock auf. Vorsichtig drücke ich die Klinke nach unten. Es ist abgeschlossen. Logisch. Aber ich weiß, wo der Universalschlüssel hängt.

Zwei Minuten später öffne ich die Tür. Der Zustand des Zimmers überrascht mich. Er passt nicht zu dem Eindruck, den die Kretschmer-Frauen auf mich machen. Ich hätte ein akkurat aufgeräumtes Zimmer erwartet, ähnlich dem Haus von Jakobs Eltern, und kein so großes Chaos. Überall liegt Kleidung rum, die Koffer stehen geöffnet im Raum, das Bett ist nicht gemacht und mein alter Schreibtisch ist übersät mit Büchern, Papieren und anderem Kleinkram, sogar benutzte Taschentücher liegen herum. Einer der beiden Nachttische ist extrem unordentlich. Obendrauf liegen jede Menge Tabletten. Ich überfliege die Packungsaufschriften: Kreislauf, Vitamine, Hormone, Johanniskraut und ... Wow ... Ritalin! Das kenne ich aus meinem Studium. Man verschreibt es hyperaktiven Kindern und Erwachsene nehmen es, wenn sie Konzentrationsschwierigkeiten haben oder sich aufputschen möchten, warum auch immer. Man kann davon abhängig werden. Ich könnte wetten, dass auf dieser Seite die Mutter schläft. Die Tabletten passen bestens in mein Bild von dieser überdrehten Person, deren ungesunden Psychohaushalt man bereits erkennt, bevor sie zum ersten Mal den Mund aufgemacht hat.

Auf dem anderen Nachttisch stehen lediglich eine kleine Wasserflasche, ein Bündel Briefe, schön säuberlich gestapelt, und ein paar Ohrringe. Wenn man am Zustand der Nachttische Persönlichkeiten ablesen könnte, würde man hier schnell feststellen, dass Mutter und Tochter zwei grundverschiedene Menschen sind. Ich schaue mir die Briefe näher an. Sie sind alle vom selben Absender und auch die Umschläge sind gleich. Vielleicht von ihrem Freund aus der Heimat. Ich öffne den obersten Umschlag, der den aktuellsten Poststempel hat. Er kam vor fünf Tagen.

Reb,

wann komms du? Ich will nicht hier sein. Die Lerrerin ist net. Die Mädchen sind nich net. Sie magen mich nich. Ale duschen zu Zweit. Ich duse aleine. Erst fand ich das doof. Jez finde ich das gut. Wie lange noch, Reb. Schreib mir bald.

Babs.

Ich verstehe nichts und öffne den nächsten Brief. Wieder die gleiche kindliche Handschrift. Und auch wieder ein kurzer Brief mit vielen Fehlern.

Hi Reb,

Schwesta Gundi hat mir deinen brif vorgelesen. Das ist fiel und aufregend. Ich wäre so gerne dabei. Wann kann ich bei dir sein? Ich will das ales sehen. Schwesta gundi hat gesagt, ich kann stols (oder so änlich) auf dich sein. Was ist stolz? Heute gab es Fleis mit Klos. Wie bei Omanita, weis du noch? Aber nicht so lekker wie bei ir. Es war eklig. Mags du mich noch? Ich mag dich noch. Schrei bald wida,

Deine Babs.

Hallo Reb,

du schreipst mir nich. Das ist nicht gut. Es get mir nicht gut. Ein Mächen in dem zimer nebenan ist total fiz zu mir. Sie sagt immer, das ich nicht so blöt guken soll. Aber ich guk wie ich guk. Reb, bitte hol mich hir raus. Ich bin dan auch nimalz mer böse zu dir, erliches erenword.

Bis bald, Babs

Ich lasse den Brief sinken. Die Zeilen sind herzerweichend. Wer ist diese Babs? Und wo ist sie? Ich drehe den Umschlag um. Barbara Kretschmer, c/o Wohnraum, Zi. 435, Leipzig. Hat Rebecca eine kleine Schwester, wie ich? Und stehen die beiden sich ähnlich nahe? Aber wo ist sie? *Schwester Gundi ... die Mädchen sind nicht nett* ... Klingt, als wäre sie in einer Art Heim, in dem sie sich nicht wohlfühlt. Babs könnte das Opfer sein, von dem Mutter Kretschmer heute am Set gesprochen hat. Eine kleine Schwester, die abgeschoben wurde, um den Traum vom Ruhm zu verwirklichen. Das wäre hart, aber zumindest wäre das Opfer dann nicht Isa, was mir ehrlich gesagt lieber wäre.

Ich lege die Briefe wieder so auf den Nachttisch, wie sie vorher lagen, und gehe rüber zu dem überfüllten Schreibtisch. Der Monitor vom Laptop ist aufgeklappt und ich drücke die Leertaste in der Hoffnung, dass er nicht runtergefahren und auch nicht gesperrt ist. Bingo! Der Monitor geht an und Finn Holders atemberaubende Augen strahlen mich als Hintergrundbild an. Ich öffne den Internet Explorer und gebe den Absender, der auf den Briefen steht, in Google ein. Sofort der erste Link klingt vielversprechend. Ich klicke drauf und lese:

Das Haus »Wohnraum« in Leipzig bietet seit mehr als 40 Jahren ein Wohnangebot für Kinder, Jugendliche und Erwachsene mit geistigen und verschiedenen Sekundärbehinderungen.

Ein Behindertenwohnheim also. Am liebsten würde ich jetzt dort anrufen und fragen, wie lange Babs dort schon wohnt. So, wie die flehenden Briefe klingen, kann das noch nicht lange sein und so, wie ich Mutter Kretschmer einschätze, wahrscheinlich seit Beginn der Castingshow. Aber man würde mir sicher keine Auskunft geben. Ich öffne schnell noch den Verlauf des Internet Explorers, um meine Recherche wieder zu löschen, dabei entdecke ich einen Link: *lebensgefaehrliche-allergische-reaktion.*

Das gibt es doch nicht! Ich klicke drauf und finde einen Artikel über Symptome, Auslöser und Verhaltensmaßregeln bei einem allergischen Schock. Sie haben sich noch weitere Webseiten angeschaut, die Auskunft über Allergien erteilen, und sogar zwei, die ausschließlich Nussallergien behandeln. Ob Rebecca auch eine Nussallergie hat? Oder Babs oder ihre Mutter? Das wäre aber ein ziemlich großer Zufall. Ich schaue auf das Datum, an dem diese Seiten aufgerufen wurden. Zwei am 21. Juni, drei am 22. Was hatte Mama gesagt? Isas allergische Reaktion war vor ungefähr einer Woche. Das würde also passen. Oh Mann, sollte das wirklich so sein, dass Mutter Kretschmer für den Ruhm ihrer Tochter alles beiseiteräumt, was ihr im Weg steht: erst die eigene Tochter, danach die größte Konkurrentin?

Schnell richte ich alles wieder so her wie vorher und gehe dann runter zu Mama in die Küche.

»Sag mal«, fange ich an, während Mama ihre Bratensoße rührt. »Haben die Kretschmers auch Allergien?«

»Nein. Nicht dass ich wüsste«, antwortet Mama. »Warum?«

»Ach, nur so.« Ich tauche meinen Finger in die Soße und schlecke ihn ab.

»Sophie! Lass das.«

»Was gibt es dazu?«, frage ich mit gespieltem Interesse, um Mama vom Thema abzulenken. Ich kann ihr schließlich nicht erzählen, dass ich in Kretschmers Zimmer rumgeschnüffelt habe.

»Rinderbraten«, antwortet sie.

»Hebst du mir was auf?«

»Gehst du denn noch mal weg?«, fragt Mama, während sie für die letzten Handgriffe durch die Küche wirbelt, als hätte sie mindestens sechs Arme.

»Ja«, antworte ich. »Ich nehm das Auto, okay?« Schnell gebe ich ihr einen Kuss auf die Wange und verschwinde, ohne auf eine Erwiderung zu warten. Sie sollte keine Chance haben, mich zu fragen, wo ich hingehe.

Videotagebuch – 24.06.

Scheiße. Scheiße. Scheiße! Wie konnte das passieren? Krass, ich wär fast draufgegangen. Gestern, gleich nach dem Mittagessen, hat es angefangen. Da hab ich plötzlich dieses Jucken gespürt, am ganzen Körper, dieses grässliche Jucken, das ich bekomme, wenn ich Nüsse esse. Dabei hab ich nur das Zeug gegessen, das Mama mir eingepackt hat. Wie also sind diese verdammten Nüsse in meinen Körper gekommen? Ich wollte mir erst nichts anmerken lassen und hab tatsächlich noch mit dem Drehen angefangen. Es ging wieder um die Überfahrt, wie in der zweiten Vorrunde. Aber diesmal waren Rebecca und ich alleine und wir hatten jede Menge Aufgaben zu bewältigen: Essen besorgen, einem kranken Nachbarn helfen, einen korrupten Seemann erpressen ... Verschiedene Drehs an einem Tag. Aber ich konnte mich null konzentrieren. Als dann auch noch mein Hals angeschwollen ist und dieses Kratzen kam, dieses schreckliche Kratzen, bei dem ich mir am liebsten eine Drahtbürste in den Hals stecken würde, hab ich abgebrochen. Zum Glück ist hier immer ein Arzt und der hatte alles, was ich brauchte, sonst wär das eine riesige Nummer geworden mit Krankenwagen, Notaufnahme ... wie damals, als mir die Babysitterin von Julia ein Nusseis gekauft hat. Da war erst mal Schluss mit Drehen.

Ich denke nicht, dass sie mir das übel nehmen. Ich kann ja nichts dafür. Aber trotzdem. Ich fühle mich beschissen und vor allem frage ich mich, wie diese verdammten Nüsse in mein Essen gekommen sind. Da reicht ja schon die kleinste Spur einer Nuss, das schmeckt man gar nicht. Alle wissen, dass ich diese Allergie habe, weil ich selten vom Catering esse und natürlich alle den Grund dafür wissen wollten. Es hätte also jeder vom Set rein theoretisch die Möglichkeit, mich auf diese Weise loszuwerden. Wenn ich nicht rechtzeitig behandelt werde, kann ich draufgehen. Ich meine so richtig. Ein paar Nussspuren in mein Essen reinschmuggeln, während ich drehe, und *bumm*. Ich würde das gar nicht schmecken.

Ich hab kurz überlegt, ob ich deshalb Stunk machen soll, hab mir vorgestellt, wie Rita und Angel und der Produzent uns alle befragen, um rauszukriegen, wer das getan hat. Aber womöglich wär dann auch noch die Polizei eingeschaltet worden. Nee, darauf hatte ich absolut keine Lust. Ich will nichts Kompliziertes, ich will funktionieren. Sie sollen mich mit meiner Arbeit identifizieren, nicht mit meinen Macken. Ich weiß doch, wie das läuft. Kaum gibt man ein Problem preis, stürzen sich alle drauf, wie die Schmeißfliegen auf Pferdeäpfel. Ist doch logisch, dass sie dann am Ende Rebecca wählen. Also hab ich gesagt, dass in meinem Brot Nüsse drin gewesen wären, ich hätte am Morgen aus Versehen nach dem falschen gegriffen. Das haben sie geschluckt. Ab jetzt lass ich mein Essen nicht mehr aus den Augen.

Nur Wiebke und der Mutter von Rebecca traue ich so

was zu. Wiebke ist nicht mehr dabei, aber die Kretschmer. Wenn die mich raushauen würde, egal wie, hätte Rebecca den Job. Und die wirkt so, als würde sie echt über Leichen gehen.

Na ja, ich hab's ja zum Glück überstanden. Und jetzt sind es nur noch drei Tage bis zum Finale.

Was für eine Zeit! Voll extrem alles. Ich bin echt am Ende. Heute ist mir zum ersten Mal der Gedanke gekommen, dass ich verlieren möchte, damit alles vorbei ist. Wie bescheuert. Wie absolut bescheuert!

Nils tut so, als sei nie was gewesen. Das tut mir so weh. Ich meine, was sollte das? Küsst mich und beachtet mich dann nicht weiter. Und ich Idiot bin zu feige, ihn zu fragen.

Gestern hab ich eine Einladungskarte für die Abschlussparty an Jakob verschickt. Der meldet sich nicht mehr. Ist auch gut so, nach dem, was er sich geleistet hat. Trotzdem. Komischerweise fehlt er mir oder ist es einfach nur das Loch an meiner Seite, das sich komisch anfühlt? Also ich meine: Tut mir das Loch weh oder sein Fehlen? Scheiße, ist die Liebe kompliziert.

Okay, ich hör jetzt besser auf und geh sofort ins Bett. Bin heute einfach zu schlapp für meine Übungen.

Montag, 30.06., 18:30 Uhr

Das Polizeipräsidium ist ein großes, hässliches Gebäude kurz hinter dem Bahnhof. Ich bin noch nie hier gewesen und hoffe, dass der nettere der beiden Polizisten da ist, die mich am Sonntag im Hotel befragt haben.

»Hallo«, sage ich zu dem Beamten an der Anmeldung. Er schaut von seinem Computer auf.

»Guten Abend. Was kann ich für Sie tun?«

»Ich suche ...« Mist, die Namen der Polizisten habe ich mir natürlich nicht gemerkt. »Ich bin Sophie Mainhard, die Schwester von Isabel Mainhard, und ich habe ein paar Sachen, die ich entdeckt habe und gerne erzählen möchte.«

Klang nicht gerade sehr professionell, aber wahrscheinlich hört er in diesem Job noch viel dämlichere Dinge, denke ich mir und versuche ein Lächeln.

»Moment, ich schaue im Computer, wer an dem Fall Mainhard dran ist.« Er blickt wieder auf seinen Monitor und nach ein paar Klicks sagt er: »Hier, da haben wir ihn schon. Das ist Kollege Becker. Einen Moment, ich schau, ob er noch da ist.« Er nimmt das Telefon und wählt eine kurze Rufnummer.

»Grüß Gott, Brückner hier, vom Empfang. Frau Mainhard, Isabel Mainhards Schwester, möchte gerne mit

Herrn Becker sprechen.« ... Warten ... »Ist denn ein anderer Kollege da, der mit dem Fall betraut ist?« ... Warten ... »Ja, dann schicken Sie ihn bitte runter.« ... »Ja danke, ich sag ihr Bescheid. Auf Wiederhören.« Er legt auf.

»Herr Becker hat schon Feierabend, aber sein Kollege ist noch da, Herr Schweigart. Er kommt Sie gleich holen.«

»Danke«, sage ich. Plötzlich brummt die klinkenlose Glastür, die ins Gebäude führt.

»Sie können drinnen warten.«

Ich gehe durch die Tür und setze mich auf einen der an der Wand befestigten Plastikstühle. Mir ist mulmig. Ich habe keine Lust, mit diesem unfreundlichen Beamten zu sprechen. Als ich den Namen gehört habe, fiel er mir wieder ein. Da hallen auch schon energische Schritte durch das Gebäude. Wenn er das ist, passt sein Charakter exakt zum Klang seiner Schritte: schnell, etwas zu laut, sich wichtig nehmend. Und da kommt er auch schon um die Ecke und streckt mir die Hand entgegen.

»Guten Abend, Frau Mainhard. Was kann ich für Sie tun?«

»Guten Abend. Ich habe ein paar Dinge, die ich Ihnen gerne erzählen möchte.«

»Dinge?«, fragt er und hebt die Augenbrauen.

»Ja, ich habe was entdeckt, was vielleicht mit meiner Schwester zu tun haben könnte.«

Es entsteht eine kurze Pause. Wahrscheinlich überlegt er jetzt, wie er mich am besten loswerden könnte. Doch dann sagt er:

»Gut, kommen Sie mit in mein Büro.« Er geht zum Aufzug und drückt auf den Knopf. Wir fahren in den zweiten Stock und gehen einen langen Flur entlang, bis er anhält und rechts eine Tür aufstößt. »Bitte, nach Ihnen.«

Ich gehe in das Büro. Es ist ein riesiger Raum mit mindestens zehn Schreibtischen. Er führt mich in eine Ecke und bietet mir einen Platz vor einem Schreibtisch an, der direkt am Fenster steht. Es sind noch drei weitere Polizisten im Raum, die uns aber nicht weiter beachten. Er geht um seinen Schreibtisch herum, setzt sich ebenfalls und schaut mich auffordernd an. »Also, dann erzählen Sie mal.«

»Meine Schwester Isabel hatte einen Freund, das wissen Sie ja sicher, oder?«

»Ja, das wissen wir.«

»Haben Sie ihn auch schon befragt?«

Schweigart steht auf und zieht aus einem Papierberg auf dem Nachbarschreibtisch eine rote Mappe hervor. Er setzt sich wieder und schlägt sie auf. »Dann schauen wir mal ... richtig, Jakob Lauterbach ...« Er blättert und überfliegt einige Seiten. »Jetzt erinnere ich mich wieder. Wir haben ihn nicht angetroffen, was aber nicht weiter tragisch war, denn er hat ein Alibi.«

»Welches?«

»Er war zum gefragten Zeitpunkt nicht in Bamberg.«

»Das haben Sie von seinen Eltern, stimmt's?«

Er antwortet nicht, sondern zieht lediglich seine linke Augenbraue hoch, was wahrscheinlich heißen soll, dass ich diese Frage näher erläutern soll. Ich kann ihn nicht leiden.

»Seine Eltern lügen«, sage ich, um die Unterhaltung möglichst kurz zu gestalten. »Er ist genauso lange verschwunden wie Isabel.«

»Haben seine Eltern denn eine Vermisstenmeldung aufgegeben?«

»Nein, haben sie nicht. Frau Lauterbach hat gesagt, dass sie sich das nicht traut, weil er sonst ins Visier der Polizei geraten könnte.«

»Aha.« Herr Schweigart nimmt einen Kuli in die Hand und fängt an, unablässig den Knopf zu drücken. Klick, klick, klick, klickklick, klickklick. Das Geräusch macht mich noch nervöser, als ich eh schon bin.

»Und wieso hat sie das Ihnen gesagt und nicht uns?«, fragt er, ohne mit dem Klicken aufzuhören.

»Vielleicht haben Sie nicht allein mit ihr gesprochen. Vor ihrem Mann traut sie sich nicht.«

»Okay«, sagt er, legt den Kuli hin und holt einen Block aus einer Schublade seines Schreibtisches. »Das schreibe ich meinem Kollegen mal auf, er wird sich morgen darum kümmern.«

»Ich weiß auch, wo Jakob sich aufhält.«

»Das macht es einfach. Wo denn?«

Jemand öffnet eine Glastür am Ende des Raums und kommt mit schnellen Schritten auf uns zu. Schon von Weitem ruft er: »Schweigart! Wie weit bist du mit den DVDs?«

Schweigart rollt mit den Augen und zeigt auf einen

Stapel DVDs rechts neben seinem Monitor. »Noch nicht mal die Hälfte. Da sitze ich die ganze Nacht dran.«

»Sieh zu, dass du was findest. Der Staatsanwalt sitzt mir im Nacken. Die Tote war nicht irgendwer.«

Schweigart nickt. »Jaja.«

Der Mann verschwindet.

»Die Tote aus dem Main?«, frage ich.

»Die Tochter einer nicht unwichtigen Kommunalpolitikerin. Oberste Priorität.« Schweigart stöhnt. »Also, wo waren wir stehen geblieben?«

Ich nenne ihm die Adresse, wo Jakob sich versteckt hält, und er schreibt sie auf.

»Da ist noch was«, sage ich und ignoriere dieses leicht genervte Blitzen in seinen Augen. »Die Kretschmers, also Rebecca Kretschmer, die jetzt anstelle meiner Schwester die Hauptrolle in der Levi-Strauss-Geschichte spielt, und ihre Mutter. Ich glaube, dass die auch etwas mit Isabels Verschwinden zu tun haben könnten.«

»Wie kommen Sie darauf?«

»Sie haben sich im Internet über Nussallergien informiert. Und rein zufällig ...« Ich zeichne mit den Fingern Gänsefüßchen in die Luft, damit Schweigart die Ironie versteht, »... bekam meine Schwester einen Allergieschock am Set, obwohl sie dort nur mitgebrachtes Essen gegessen hat.«

»Woher wissen Sie das?«

»Was?«, frage ich, um Zeit zu gewinnen. Wie könnte ich legal an die Informationen gekommen sein? Während ich fieberhaft über eine Antwort nachdenke, konkretisiert er seine Frage:

»Na ja, dass die Kretschmers im Internet nach Nussallergien recherchiert haben.«

»Sie wohnen bei uns im Hotel und ich habe das im Verlauf von unserem Gästecomputer entdeckt.«

»Es hätte also jeder andere Gast diese Seiten besuchen können?«

»Wahrscheinlich, aber ...«

»Wissen Sie was?«

Ich schaue ihn an und weiß, dass er mich jetzt loswerden will.

»Ich schicke eine Streife zu Jakobs Versteck und Sie kommen morgen um neun Uhr noch mal her und erzählen die Nusssache meinem Kollegen, Herrn Becker. Der kennt sich in dem Fall Ihrer Schwester viel besser aus. Dann können Sie auch ihre Sachen mitnehmen.«

Der Abschiedsbrief!, schießt es mir durch den Kopf. Die Untersuchungen sind also fertig. Vorsichtig frage ich: »Wissen Sie, was im Labor rausgekommen ist?«

Er schüttelt den Kopf. »Entschuldigen Sie, auch das fragen Sie morgen besser meinen Kollegen.«

Meine Meinung über ihn bestätigt sich. Entweder er hat etwas persönlich gegen Isa beziehungsweise gegen den Hype, der um sie gemacht wird, wo sie doch lediglich eine Jugendliche ist, die Selbstmord begangen hat, oder er ist einfach ein Idiot. Ich beschließe, das belauschte Kretschmer-Gespräch und die Sache mit der behinderten Schwester für mich zu behalten, und verabschiede mich.

Als ich draußen bin, habe ich nicht das Gefühl, meine Entdeckungen in vertrauensvolle Hände gelegt zu haben. Morgen um neun Uhr werde ich wiederkommen, das steht fest. Und bis dahin? Nach Jakob sucht jetzt eine Streife, also werde ich mich um die Kretschmers kümmern. Drehschluss ist erst in knapp drei Stunden, genug Zeit, sich noch ein bisschen am Set umzuhören.

Montag, 30.06., 19:30 Uhr

In Buttenheim herrscht Ausnahmezustand. Jetzt noch mehr als heute Morgen, wahrscheinlich, weil viele Berufstätige den Nachtdreh nutzen, um den für sie einzig möglichen Blick auf dieses Spektakel zu werfen. Isa hat mir erzählt, dass die Aufnahmen rund um Bamberg etwa zehn Tage dauern werden und es dann noch für ein paar Tage an der Nordseeküste weitergeht. Die Autos stehen bis weit vor dem Ortsschild. Ich habe einmal in New York Jodie Foster inmitten einer Schar von Bodyguards gesehen, als sie auf dem Weg in eine Einkaufsmall war. Es hat sich kaum einer dafür interessiert. New York ist Weltstars gewöhnt, im Gegensatz zu Buttenheim. Wahrscheinlich wird der kleine Ort nach diesem Rummel ins Koma fallen.

Da ich keine Lust habe, mein Auto ans Ende der Schlange zu stellen und dann stundenlang auf der Landstraße zu laufen, stelle ich mich kurz entschlossen vor meinen ganz persönlichen Eingang zum Set in die zweite Reihe, dort, wo auch noch mein Fahrrad steht. Das hieve ich schnell in den Kofferraum des großen Kombis. Die Polizei wird hier wahrscheinlich heute keine Knöllchen verteilen, und wenn, ist mir das auch egal. Ich nehme wieder denselben Weg wie heute Mittag und es funktioniert bestens. Als ich bei den Mülltonnen angekommen bin, überlege ich, wie ich weiter vorgehen soll. Ich kann die Kretschmers ja nicht einfach auf ihre Surfgewohnheiten im Internet ansprechen.

In dem Moment sehe ich die Mutter. Allerdings nur ihren Hinterkopf, denn sie sitzt mit dem Rücken zu mir auf einem Klappstuhl. Fehlt nur noch ihr Name auf der Lehne, wie man das aus Filmen kennt. Plötzlich sehe ich, dass genau diese Stelle mit einem breiten silbernen Klebeband verdeckt ist. Das ist ... Ich schaue auf die anderen Klappstühle, die rechts von ihr nebeneinanderstehen, und mir stockt der Atem. *Holder, Summer, Miller,* lese ich. Der Star, der Regisseur und wahrscheinlich der Assistent. Das bedeutet, dass unter dem Klebeband Isas Name steht. Wie makaber ist das denn? Aber auch irgendwie erschreckend logisch. Es fehlte natürlich die Zeit, um nach ihrem Verschwinden einen neuen Stuhl anzufertigen. Das hat mit Sicherheit auch keiner für nötig gehalten, denn niemandem versetzt der Anblick des Klebebands so einen Schlag wie mir.

Es ist gespenstisch ruhig, als warteten die Menschen auf etwas. Vielleicht sind sie gerade mitten in einem Dreh. Während ich noch im Schatten der Hausmauer bleibe, schaue ich mich ein wenig um. Einige altertümlich gekleidete Menschen laufen die Straße entlang, ein kleines Grüppchen von Frauen steht beisammen und schwätzt, einer wirft Kohle in einen Kohleschacht. Jetzt sehe ich den Kamerakran über meinem Kopf, reflexartig trete ich einen Schritt zurück in die Häuserschlucht, beobachte aber weiter die unwirkliche Szene. Da kommt Levi Strauss, alias Finn Holder, um die Ecke, gebeugt vom Gewicht all der Sachen, die er zum Hausieren immer mit sich herumschleppt. Er sieht in seinen zerfetzten Klamotten extrem armselig aus.

»Stopp«, ruft jemand durch ein Megafon. Und dann löst sich der Regisseur Mike Summer aus der Menge rund um den Kran und geht auf Holder zu. Es kommt Hektik im Team auf. Während ich beobachte, wie Summer mit Holder spricht, höre ich eine Frau laut auf Amerikanisch rufen: »Zwei Meter müssen reichen. Hol dir Hilfe, Junge, und beeil dich, das muss schnell gehen!«

Da kommt Ben in den Hof gerannt.

»Was ist los?«, frage ich ihn.

»Oh, hallo, du hier? Sorry, ich kann jetzt nicht, muss neue Schienen verlegen«, antwortet er und flitzt an mir vorbei. Ein zweiter Typ folgt ihm und kurz darauf fahren die beiden eine Aluminiumkiste auf einem Wagen zurück ans Set. Als sie an mir vorbeikommen, fragt Ben: »Sehen wir uns nach dem Dreh? So gegen 22 Uhr?«

»Okay«, sage ich und beobachte, wie die beiden die Kameraschienen verlängern. Eine Frau ruft, ob nicht jemand mit anpacken könne, die Jungs seien zu langsam, woraufhin sofort zwei Komparsen zu Hilfe eilen. Nachdem die Schienen verlegt sind, kommt Ben mit seiner Kiste wieder zur Hauswand gefahren.

»Ist das dein Job?«, frage ich.

»Ja ... auch ... also, ich mache auch noch andere Sachen.«

»Cool«, sage ich wenig überzeugend, was mir sofort leidtut. Ich lächle ihn unsicher an. »Hey Ben, hast du jetzt auch schon Zeit? Vielleicht kannst du mir weiterhelfen.«

»Okay, aber wenn sie mich rufen, muss ich sofort hin.«

»Logisch«, sage ich.

»Also, schieß los«, fordert er mich auf, ohne mich anzusehen. Seinen Blick richtet er auf die Straße. Der Kameramann fährt den jetzt längeren Schienenweg einige Mal vor und zurück und bespricht sich mit dem Regisseur. Der nickt anerkennend und klopft dem Kameramann freundschaftlich auf die Schulter.

»Ich habe da was Komisches entdeckt«, fange ich an und erzähle Ben von Jakobs Versteck, von meinem Fund auf dem Computer der Kretschmers und schließlich von der behinderten Schwester beziehungsweise Tochter.

»Wow«, sagt Ben und schweigt eine Weile, als müsse er die Informationen erst ordnen. Dann sagt er: »An dir ist echt eine Polizistin verloren gegangen.«

»Hmmm«, antworte ich nur.

»Die Kretschmers sind fiese Schnepfen, da stimme ich dir voll und ganz zu, vor allem die Alte, aber ich weiß nicht. Würden sie jemanden umbringen für so eine Rolle?« Er streicht sich mit der Hand die Locken aus der Stirn, die danach sofort wieder zurückfallen. »Kennst du eigentlich den Kameramann von der Castingshow? Hat dir Isa von ihm erzählt?«

»Nein. Wer soll das sein?«

»Der war total in sie verschossen. Zumindest am Anfang.«

»Nein, hat sie nie erwähnt.«

»Er ist nicht für die neue Produktion übernommen worden. Das ging natürlich vielen so, weil die Amis ihr eigenes Team mitgebracht haben, aber manche, so wie ich, sind noch dabei.«

Wahrscheinlich nur unwichtige Hiwis, denke ich, sage aber nichts.

»Er war nicht auf der Aftershowparty, das weiß ich, weil er mir Geld schuldet. Und ich weiß, dass da irgendwas zwischen ihm und Isa lief, Isa hat mal so was angedeutet. Vielleicht weiß er was.«

»Wie heißt er denn?«

»Nils. Ich kenne leider nur seinen Vornamen. Sorry.«

Nils, denke ich und plötzlich kann ich mir diese Notiz auf Isas Schreibtisch erklären.

Nackt, Intim, Liebe, Sehnsucht

Mein Gott, wieso bin ich da nicht sofort draufgekommen? Ich hab ihr dieses bescheuerte Pubertätsspiel schließlich selber beigebracht: Nimm den Namen des Jungen, in den du verknallt bist, und suche Wörter mit seinen Buchstaben, die zu ihm passen. Findest du sie, wird es was Ernstes, findest du sie nicht, lass die Finger von ihm. Isa hat sich in einen anderen verliebt. In Nils.

»Eine Adresse oder Telefonnummer hast du nicht?«

»Nein, sorry.«

In dem Moment wird Ben wieder ans Set gerufen. Ich schaue eine Weile zu, beobachte die Menschen, sehe Ben und zwei andere an den Schienen werkeln. Holder setzt sich auf einen Karren und macht mit seinem Handy rum, was irgendwie absurd aussieht, weil das Gerät so gar nicht zur Ausstattung passt.

Eine Frau bittet durch ein Megafon das Team auf Anfang. »Nach dem Take gibt es einen Abendsnack«, sagt sie weiter. »Wer Hunger hat, möge sich anstrengen. Je schneller wir fertig sind, desto wärmer ist das Essen.«

Videotagebuch – 25.06.

Wie kann sich ein Leben in so kurzer Zeit so was von komplett verändern? Hätte mir das jemand vor vier Wochen erzählt, dem hätt ich 'nen Vogel gezeigt. In meinem Leben ist nichts mehr, wie es war. Die Jungs stehen auf mich, als wär ich die neue Paris Hilton. Heute hat mir Rita einen Starschnitt von mir in einer Jugendzeitschrift gezeigt. Und Mama hat gesagt, dass unsere Post neuerdings mit einem Extrawagen gebracht wird. Klassenkameradinnen, die mich früher aktiv ignoriert haben, wollen auf einmal meine besten Freundinnen gewesen sein. In einer Magazinsendung wurden Vanessa und Alena über mich ausgefragt. Das kam gestern im Fernsehen. Mir sind fast die Ohren geplatzt. Die haben Dinge über mich gesagt ... Unglaublich! Ich sei total beliebt und nett und so. Auf jeden Fall haben die mich so beschrieben, dass ich mich nicht wiedererkannt habe und die zwei auch nicht. Dass denen das nicht peinlich ist.

Diese Aufmerksamkeit, diese heftige Neugier, nein, diese Sucht, viel von mir zu erfahren und mir möglichst nah zu sein .... das alles ist völlig absurd. Als hätte man mich, also die WIRKLICHE Isa, ausgelöscht und sich eine neue gebaut, eine glänzende, fehlerlose, eine, die genau so ist, wie sie gerne wären, eine Traumfrau. Dabei bin und bleibe ich die alte Isa, die schüchterne, etwas zu ernste Isa, die lieber alleine als in einer Gruppe ist und mit Sicherheit noch niemals als beliebt bezeichnet wurde. Die will aber keiner sehen. So eine ist viel zu uninteressant. Ein Star muss leuchten, makellos.

Es ist total komisch, im Rampenlicht, dort, wo unzählige Augenpaare auf dich gerichtet sind, bist du am einsamsten. Und zwar weil keiner wirklich DICH sieht, sondern nur seinen eigenen Traum. Scheiße! Ich hab totale Angst, das alles nicht zu schaffen. Wenn ich das Finale gewinne, bin ich für eine Weile die prominenteste Jugendliche im ganzen Land. Das geht alles viel zu schnell. Was, wenn ich mich verliere und denen glaube, die mich neu erfinden? Ist ja auch reizvoll. Wer will nicht gerne vollkommen sein?

Mein Handy ... Moment ... Verdammt! Eine SMS von Jakob ...

Isa, ich hab die Einladung bekommen. Bitte melde dich, ich liebe dich, will dich nicht verlieren. Es tut mir so leid. Ich bin ein Arschloch. Bitte gib mir noch eine Chance. J.

Scheiße. Scheiße. Scheiße! Er hat sich seit seiner bescheuerten Wegsperraktion nicht mehr gemeldet. Was mach ich nur mit ihm. Ich ... Es fühlt sich so an, als wär ich in Nils verliebt. Aber bin ich das wirklich? Will ich das überhaupt? Will Nils das überhaupt? Er ignoriert mich völlig, tut so, als hätte es den Kuss nie gegeben. In zwei Tagen ist Finale. Eigentlich müsste ich mich nur darauf konzentrieren. Stattdessen beschäftigen mich 1000 andere Dinge. Ob es Rebecca genauso geht? Die wird seit der letzten Runde ständig von ihrer Mutter bewacht. Ein echter Drachen, grässlich.

Am besten, ich geh jetzt schlafen, dann spür ich nichts mehr.

Mir wird alles zu viel.

Montag, 30.06., 20:00 Uhr

»Pause«, ruft die Frau wieder durch das Megafon und wie auf Knopfdruck macht sich die gesamte Crew auf den Weg zum Cateringwagen, der am Ende des Sets kurz vor der Absperrung steht. Ich kann ihn von hier aus gut sehen. Frau Kretschmer steht von Isas Stuhl auf und schließt sich der kleinen Völkerwanderung an.

Nein, denke ich entschlossen, jetzt werde ich dich zur Rede stellen, und ich laufe ihr nach.

»Guten Tag«, spricht mich plötzlich die Frau mit dem Megafon von der Seite auf Amerikanisch an. »Entschuldige, wer bist du? Ich habe dich hier noch nicht gesehen.« Sie ist klein, hat braune Locken und lässt mich durch ihren Blick und ihre Lebendigkeit an einen hüpfenden Flummi denken. Ihre Augen strahlen Selbstbewusstsein und Autorität aus. Sie scheint hier was zu sagen zu haben, vielleicht ist sie die Regie- oder Produktionsassistentin. Daher entscheide ich mich, einfach mit der Tür ins Haus zu fallen.

»Mein Name ist Sophie Mainhard. Ich bin die Schwester von Isabel.«

Ihre Augen weiten sich unnatürlich und sie atmet tief ein. Ist ja auch nicht einfach, auf so eine Information spontan zu reagieren. Schließlich streckt sie mir ihre

Hand entgegen und sagt: »Mein Name ist Susan Miller, ich bin die Aufnahmeleiterin. Es tut mir sehr leid, was mit deiner Schwester passiert ist. Und entschuldige, dass ich dich so schräg angesprochen habe. Es ist nur ... Gäste haben normalerweise einen Ausweis um den Hals.«

»Oh, ja ... also, wo bekomme ich so einen Ausweis?«, frage ich und bete, dass sie nicht fragt, wie ich ohne so ein Ding überhaupt ans Set gekommen bin. Zum Glück ist gerade totale Hektik um uns herum. Viele sprechen Susan beim Vorbeigehen an, teilen ihr was mit, wollen was wissen, geben ihr etwas ... Sie scheint der organisatorische Mittelpunkt des Geschehens zu sein.

»Entschuldigung«, wendet sie sich schließlich wieder mir zu, nachdem alle Richtung Catering verschwunden sind.

»Ich kann dir einen Ausweis ausstellen. Komm doch einfach mit.« Sie legt mir eine Hand auf den Rücken und schiebt mich sanft die Straße entlang. Ihr Bürowagen steht genau am anderen Straßenende inmitten eines kleinen Fuhrparks.

»Warte bitte kurz«, sagt sie, als wir am ersten Wagen angekommen sind. »Ich hole dich gleich.« Sie verschwindet zwischen den sechs oder sieben Wohnwagen. Leicht irritiert darüber, dass sie mich hier alleine stehen lässt, gehe ich ihr vorsichtig nach und beobachte, wie sie am hinteren Reifen eines der Wohnwagen nach etwas greift und anschließend die Tür aufschließt. Deshalb hat sie mich also warten lassen. Sie wollte nicht, dass ich sehe, wo der Schlüssel versteckt ist. Schnell gehe ich zurück auf den mir zugewiesenen Platz und kurz darauf kommt Susan mich holen.

Ihr Bürowagen ist mit einem Schreibtisch, einem Stuhl, einem kleinen Regal und einigen technischen Geräten ausgestattet, unter anderem einem Laptop und einem Drucker. Es ist extrem eng hier, aber irgendwie gemütlich und erstaunlich modern. Susan zwängt sich zwischen Tisch und Wand auf die hintere Seite, setzt sich und deutet mir an, mir den Klappstuhl zu nehmen, der gleich links neben der Tür steht.

»Kanntest du meine Schwester?«, frage ich, während sie in einer ihrer Schubladen wühlt.

»Ich habe sie nur auf der Abschlussshow gesehen, weil ich erst mit der amerikanischen Crew einen Tag vorher eingeflogen bin.«

»Ist dir etwas aufgefallen? Irgendwas, was ihr Verschwinden erklären könnte?«

Sie holt eine Plastikkarte mit einem Halsband aus einer Schublade, legt sie vor sich auf den Tisch und lehnt sich zurück. »Weißt du, ich habe viel gehört. Man redet natürlich, wenn so etwas passiert. Ich kannte sie nicht gut genug, um sagen zu können, was davon wahr und was erfunden ist. Selbst aufgefallen ist mir nichts. Zumindest nichts, was einen Selbstmord erklären könnte.«

»Und was wurde geredet?«

»Na ja, dies und das.« Sie mustert mich. Ich wette, sie wägt ab, wie viel Wahrheit ich vertrage. Deshalb sage ich: »Du kannst mir ruhig alles erzählen. Ich will verstehen, was passiert ist.« Susan nickt und ich erstarre aus Panik vor dem, was jetzt kommen könnte.

»Ich weiß wirklich nicht viel«, sagt Susan und hält ihre Hände hoch, als hätte ich eine Knarre gezückt. »Angeblich hatte sie Stress mit ihrem Freund, weil sie sich hier verliebt hat. In einen Kameramann. Keine Ahnung, ich kenne ihn nicht.«

»Nils?«, frage ich.

»Ja, ich glaube, so hieß er. Außerdem hat sie sich wohl mit den anderen Mädels nicht so gut verstanden. Da gab's irgendwie Zickenkrieg. Aber das ist immer so bei diesen Shows, die leben ja zum Teil davon.« Sie klappt ihren Laptop auf.

»Weißt du, mit welchem Mädchen sie am meisten Stress hatte?«, frage ich.

Sie zuckt mit den Schultern. »Soweit ich weiß, hatte es vor allem zwischen Wiebke und deiner Schwester Schwierigkeiten gegeben. Aber da gibt es sicherlich bessere Ansprechpartner. Rebecca zum Beispiel. Sie war die ganze Zeit dabei.«

»Kennst du Wiebke?«

»Nein, sorry. Auch sie habe ich nur kurz auf der Finalparty gesehen. Ich glaube, du verschwendest deine Zeit mit mir.«

»Und die Kretschmers? Ich meine, was redet man über die? Vor allem über die Mutter. Könnte sie etwas ...«

»Sarah, es tut mir leid, dass ich dir nicht helfen kann, aber ich muss jetzt leider weitermachen. Frag andere. Du bist bei mir falsch, ehrlich.«

Sie hat recht. Außerdem hat sie keinen Kopf für mein Problem, sie konnte sich ja noch nicht mal meinen Namen merken. Also nicke ich nur.

Susan nimmt einen Stift. »Sarah Mainhard, oder? Sarah mit h?«

»Sophie. Ich heiße Sophie mit ph.«

Während sie meinen Namen auf den Ausweis schreibt und ihre Unterschrift druntersetzt, lasse ich meine Augen über das Regal hinter ihr schweifen. Die Ordnerrücken haben unterschiedliche Farben und auf dem obersten Regalbrett gibt es fünf Ordner mit einer schwarz-rot-goldenen Fahne und darunter die Aufschrift *Castingshow – Germany.*

Da fällt mir ein, dass mir Susan vielleicht doch noch helfen könnte: »Hast du zufällig eine Adressliste von der Castingshow?«

»Sorry, Adressen darf ich leider nicht rausgeben. Datenschutz. Aber es gibt Crewmitglieder, die auch schon bei der Castingshow dabei waren.«

Ich bin sprachlos. Eine Amerikanerin, die Wert auf Datenschutz legt, kaum zu glauben. Sie gibt mir den Ausweis und wir verabschieden uns.

Ich verlasse das provisorische Büro, gehe allerdings nicht zurück zum Set, sondern verstecke mich zwischen den Wohnwagen und warte. Susan verlässt kurz nach mir den Wohnwagen und ich kann an den Geräuschen erkennen, dass sie den Schlüssel wieder an derselben Stelle versteckt wie vorher. Sie geht zurück zum Set und ich lausche dem Klappern des Megafons, das im Rhythmus ihrer Schritte gegen ihre Gürtelschnalle schlägt.

Nachdem es nicht mehr zu hören ist, schleiche ich zum Wohnwagen zurück, ertaste den Schlüssel in seinem Versteck und öffne das Vorhängeschloss. Im Wagen ist es ziemlich dunkel, obwohl es draußen noch taghell ist. Trotzdem mache ich kein Licht an, damit mich niemand sieht. Schnell hole ich die infrage kommenden Ordner aus dem Regal und lege sie auf den Tisch. Gleich auf den ersten Blick sehe ich, dass hier pedantische Buchhalter am Werk waren. Glück für mich. An der Seite sind beschriftete Reiter, die genau benennen, was sich in dem jeweiligen Abschnitt befindet: *Bilder, Korrespondenz, Ausstrahlungstermine, Finalshow* ... Beim zweiten Ordner werde ich fündig. Ganz hinten befindet sich ein Reiter mit der Aufschrift *Personallisten*. Bingo. Das ist es. Ich schlage den Abschnitt auf und beginne, langsam und konzentriert mit dem Zeigefinger die Liste von oben nach unten zu fahren. Plötzlich läutet das Telefon und ich bekomme einen tierischen Schrecken. Nach dem dritten Klingeln geht der Anrufbeantworter an.

»Hi, das ist Susans Apparat. Bin grad nicht da. Also einfach draufsprechen, ich rufe zurück.« Piep.

Dann eine Männerstimme: »Hi Susan. Ich sprech dir jetzt zum dritten Mal hier drauf, verdammt! Der Boss will endlich wissen, ob die Mainhard-Manipulation was mit ihrem Verschwinden zu tun hat. Und der Deutsche verlangt sein Geld. Wir wollen aber nicht zahlen, logisch. Warum meldest du dich nicht?« Klick.

Ich lasse mich auf Susans Stuhl fallen. Habe ich mich verhört oder leide ich an Verfolgungswahn? Der Kerl hat doch gerade von einer Mainhard-Manipulation gesprochen! Was hat das zu bedeuten? *Der Deutsche verlangt sein Geld.* Und von einem Boss war auch die Rede. Scheiße, das hört sich nicht gut an. Klingt wie in einem schlechten Agentenkrimi. Am liebsten würde ich die Nachricht noch mal hören, habe aber Angst, dass Susan das merken könnte. Bei uns zu Hause blinkt der Apparat nicht mehr, sobald eine von uns die Nachricht gehört hat.

Okay, ruhig bleiben, denke ich, während genau das Gegenteil der Fall ist und ich atme, als hätte ich gerade einen Sprint hingelegt. Was soll ich tun? Wenn Isa in mafiöse Machenschaften gerutscht ist, habe ich doch erst recht keine Chance, sie zu finden. Ich schaue auf den aufgeschlagenen Ordner. Dafür habe ich jetzt keine Nerven mehr. Schnell lasse ich alles wieder so aussehen, als wäre ich nicht zurückgekommen, schließe den Wagen ab, verstecke den Schlüssel und gehe zum Set.

Dort herrscht gerade die volle Konzentration. Als Ben mich am Rand stehen sieht, kommt er zu mir herüber.

»Da bist du ja noch. Hab dich gar nicht mehr gesehen«, flüstert er.

Ich nicke. »Wie lange dauert's noch?«

»Noch 'ne halbe Stunde, schätze ich.«

»Treffen wir uns danach?«

»Klar, ist doch schon ausgemacht«, antwortet er.

»Gut«, sage ich und meine es auch so. Ich werde Ben alles erzählen. Zur Polizei kann ich erst morgen und schlafen kann ich mit dem Tumult in meinem Kopf mit Sicherheit nicht. Ben war von Anfang an dabei, er wird mir helfen, alles zu sortieren.

»Ich muss aber erst aufräumen, das dauert auch noch.«

»Macht nichts, ich kann helfen.«

»Okay«, sagt er.

Wir stehen nebeneinander und sehen zu, wie Levi Strauss, alias Finn Holder, gebeugt von der Last seines Gepäcks und verdreckt nach einer Woche Arbeit ohne festen Schlafplatz, die Straße entlanggeht. Neben ihm fährt eine Kamera auf den Schienen, links über ihm schwebt ein Mikrofon, das von einem Tonmenschen an einem Stock gehalten wird, und rechts über ihm begleitet ihn eine zweite Kamera auf dem Kran. Ich kann mir gut vorstellen, wie man später im Kino diesen Gang aus verschiedenen Perspektiven sehen kann.

Dann wird die Tür des Levi-Strauss-Hauses aufgerissen und Fanny Strauss, alias Rebecca, kommt rausgerannt. Levi setzt die Kiste ab, breitet seine Arme aus und Fanny schmeißt sich ihm kreischend um den Hals. Nachdem sie sich kräftig gedrückt und geküsst haben, springt sie aufgeregt vor ihm auf und ab und sie reden miteinander. Levi lacht und schüttelt den Kopf. Ich kann von meinem Platz aus nichts verstehen und das ist auch gut, denn allein schon die Bilder lösen Übelkeit bei mir aus.

Endlich springt der Regisseur auf, ruft laut »Cut!« und anschließend »Feierabend!«. Er geht auf die beiden Hauptdarsteller zu, gibt ihnen nacheinander die Hand und klopft ihnen anerkennend auf die Schulter. Er scheint zufrieden zu sein mit der heutigen Arbeit. Sofort geht die alte Kretschmer zu der erlesenen Dreiergruppe und mischt sich in die Unterhaltung ein. Die Frau ist das Peinlichste, was ich je gesehen habe. Peinlich und vielleicht sogar kriminell.

Etwa 45 Minuten später sitzen Ben und ich auf einer Bank am Kanal, haben jeder ein Bier in der Hand und ich versuche krampfhaft, nicht aufs Wasser zu schauen.

Wie konnte ich auf Bens Vorschlag eingehen und mich hierhin setzen?, frage ich mich, will jetzt aber auch keinen neuen Platz suchen. Dazu ist es zu spät. Was, wenn jetzt ... Mein Magen krampft sich zusammen. Einfach nicht weiterdenken, das Rauschen des fließenden Wassers verdrängen, den Blick auf das Bier richten.

»Willst du eigentlich dein Leben lang solche Jobs machen?« Kaum ist der Satz draußen, tut er mir leid. Toll gemacht, Frau Psychologin! Schnell füge ich hinzu: »Ich meine, du bist so intelligent. Mach was draus!«

»Mir macht es Spaß«, antwortet er wenig enthusiastisch und steckt sich eine Zigarette an. »Ich muss nicht viel denken und krieg trotzdem Geld.«

»Was hast du gegen Denken?«

»Ach«, stöhnt er wie ein alter Mann. »Denken ist nicht so mein Ding. Führt zu nichts. Der Job ist okay. Ich liebe es, frei zu sein, mal hier, mal dort, mich nicht festzulegen. Das passt schon.«

Seine Art zu sprechen, das Tempo, die Lautstärke ... Zufriedenheit hört sich anders an, denke ich. Aber er tut mir leid und darum sage ich: »Okay, versteh ich. Du, ich muss dir was erzählen.«

Und ich erzähle ihm von dem Telefonat in Susans Wohnwagen. Ben hört aufmerksam zu, während er seine Zigarette fertig raucht und anschließend Stück für Stück das Etikett von seiner Bierflasche abpult.

»Ehrlich gesagt ist mir nichts aufgefallen, was so einen Anruf erklären könnte«, sagt Ben, nachdem ich mit meiner Schilderung fertig bin. »Und ich habe die Castingshow von Anfang an mitgemacht.« Er reißt weiter am Etikett und nimmt jetzt einen Schluck. »Was soll da manipuliert worden sein? Die Mädels haben gespielt und das Publikum hat gewählt. Punkt. Mehr nicht.«

»Wie hat denn das Publikum gewählt?«

»Per Anruf.«

»Und? Kann man das manipulieren?«

»Die Anzahl der Anrufe, meinst du?«

»Ja.«

»Hmmmm ... glaub ich nicht. Das läuft alles über Computer ... Nein, das kann ich mir nicht vorstellen.«

Wahrscheinlich hat Ben recht. Und doch. Ich kann einfach nicht glauben, dass das kein Hinweis ist. »Aber der Anruf ist doch komisch, oder?«

»Ja, schon, aber ehrlich gesagt glaube ich, dass du dich da in was verrennst. Ich meine, Isabel hat diesen Brief geschrieben, sie war aufgewühlt und in den letzten Tagen echt schlecht drauf. Ich kann mir schon denken, wie furchtbar das ist, aber vielleicht solltest du dich damit abfinden, dass ...«

»Du weißt, warum ich nicht an die Selbstmordtheorie glaube!«, unterbreche ich ihn.

Er nickt und pult weiter Millimeter für Millimeter das Etikett ab. Vorsichtig fragt er: »Hast du schon mal daran gedacht, dass sie vielleicht gerade deshalb ins Wasser gegangen ist?«

Ich blitze ihn an, und wären meine Augen Gewehre, hätte ich ihn jetzt erschossen, garantiert.

»Sie hat mal so was erzählt«, fährt Ben fort, den Blick weiterhin auf seine Flasche gerichtet. Ich überlege, ihn zu stoppen, doch da spricht er schon weiter. »An einem unserer letzten Treffen ging es ihr nicht gut. Das war an dem Tag mit dem Zeitungsartikel. Da hat sie mir erzählt, dass sie damals, als das mit eurem Vater passiert ist, auch fast gestorben wäre. Es wäre gar nicht schlimm gewesen, hat sie gesagt, im Gegenteil, sie hat sich geärgert, als sie wieder aufgewacht ist.«

»Ich weiß!«, sage ich viel zu barsch. Ich will nicht, dass er weiterspricht. Ich will nicht, dass ein ehemaliger Klassenkamerad, den ich noch nicht mal besonders gut kenne, mehr von Isa weiß als ich. Ich will nicht, dass das alles wahr ist.

»Sie darf keinen Selbstmord gemacht haben!«, sage ich und kämpfe gegen meine Tränen an, indem ich einen kräftigen Schluck Bier nehme und danach ein paarmal möglichst lautlos tief ein- und ausatme.

»Weißt du«, fange ich noch mal an, »ich habe Isa gegenüber immer ein schlechtes Gewissen gehabt, immer. Seit Papas Tod. Weder Isa noch Mama haben mir einen Anlass dafür gegeben. Es war trotzdem da.« Ich schaue auf das Wasser, ohne auf das Wasser zu schauen. »Ich hatte das Gefühl, Papas Platz einnehmen zu müssen. Isa ist ein absolutes Papakind gewesen und plötzlich war er weg. Mama ist in ihre Hotelarbeit eingetaucht und Isa ... sie war noch so klein. Und sie hat sich so schrecklich mit der Schuldfrage gequält. Immer wieder hat sie von diesem verdammten Surfbrett angefangen, als hätte sie bei dieser gigantischen Welle und mit ihren 35 Kilo Papas Tod verhindern können. Bis wir dann ausgemacht haben, nie mehr davon zu sprechen.« Ich schlucke wieder. »Wenn ihr was passiert ist, würde ich mir das nie verzeihen. Ich bin nach Amerika. Ich habe nicht auf sie aufgepasst. Ich bin an allem schuld!« Jetzt kann ich es nicht mehr aufhalten. Ich schluchze auf und lasse die Tränen laufen. Ben legt seine Hand auf meinen Rücken und streicht sie ein paar Mal derart unbeholfen rauf und runter, dass mir klar wird, wie wenig Erfahrung er im Umgang mit Menschen hat. Entsprechend schnell habe ich mich wieder im Griff. Ben ist wirklich nicht der Richtige, den ich damit behelligen sollte.

»Sorry«, sage ich und wische mir mit meinem Handrücken das Gesicht trocken. »Morgen um neun gehe ich zur Polizei. Vielleicht kann ich die mit meinen Infos wachrütteln. Außerdem rücken sie endlich mit Isas Abschiedsbrief raus.«

»Und ich werde mich am Set ein bisschen umhören. So

genau weiß ich nämlich auch nicht, wie das mit diesen Anrufen funktioniert, aber ich kenne jemanden, den ich fragen kann. Außerdem kann ich nach der Adresse von Nils fragen. Sobald ich was gefunden habe, melde ich mich.«

»Mist!«, sage ich. »Ich habe immer noch kein Handy. Meine amerikanische SIM-Karte funktioniert nicht in Deutschland.«

»Du kannst ja wieder zum Set kommen, wenn du bei der Polizei warst.«

»Ja, das ist gut.«

Dienstag, 01.07., 00:00 Uhr

Vor dem Hotel wartet kein einziger Journalist. Das hätte mich eigentlich freuen müssen, weil ich jetzt endlich unbehelligt zu Hause ein- und ausgehen kann, aber zu meiner Überraschung ärgert es mich. Es hat genau drei Tage gedauert und schon interessiert sich niemand mehr für Isa. Drei Tage! Das hört sich echt krass an. Der Dreh läuft, der neue Star Rebecca hat alle über den Verlust hinweggetröstet und die Tochter irgendeiner Politikerin ist im Main ertrunken. Das reicht, um Isa fallen zu lassen. Drei Tage! Ein Gefühl unglaublicher Einsamkeit überfällt mich. Ich setze mich auf die Bank, die rechts neben unserem Eingang steht. Die Domglocken verkünden Mitternacht, trotzdem ist es relativ hell, denn es ist klar und fast Vollmond.

Zweifel überkommen mich. Haben alle anderen recht, die sagen, dass Isa Selbstmord begangen hat? Was aber würde das für mich bedeuten? Ich kann doch niemals wieder zu einer Tagesordnung übergehen. Vielleicht werde ich ja verrückt, denke ich, ziehe meine Knie nach oben und umschlinge meine Beine fest mit meinen Armen, als ob ich mich auf die Weise vor dem Wahnsinn schützen könnte. Womöglich suche ich meine Schwester jahrelang, jage einem Phantom hinterher, bis sie mich einliefern. Starr glotze ich auf die einzige Laterne in unserer Straße. Tief unten in meinem Körper versucht die Müdigkeit, von mir Besitz zu ergreifen, aber sie hat keine Chance. Was, wenn Isa lebt, irgendwo eingesperrt ist? Zum Beispiel in einem Kretschmer-Verlies, damit Rebecca ein Hollywoodstar wird. Oder zusammen mit Jakob in einem eigens dafür errichteten Liebesnest. Oder wenn sie von Mafiakreisen gekidnappt wurde, um eine Manipulation zu vertuschen, worin auch immer die bestehen soll. Was ist mit Nils? Was mit dieser Wiebke? Verdammt! Was für ein Chaos! Ich darf nicht aufgeben, bevor ich nicht alle Möglichkeiten überprüft habe. Dann werde ich eben verrückt, auch egal, etwas Besseres habe ich eh nicht zu tun.

Mama schläft schon, als ich nach oben komme. Das ist gut. Ich habe keine Lust, sie anzulügen, aber auch keine, ihr zu sagen, was ich den ganzen Tag gemacht habe. Das fände sie mit Sicherheit nicht gut, vor allem die Tatsache, dass ich neuerdings in fremden Sachen rumschnüffele.

In Isas Zimmer beschließe ich, doch noch schnell rüber zum Dachboden zu klettern, um zu sehen, ob Jakob da ist beziehungsweise ob die Polizei etwas unternommen hat. Als ich dort ankomme, ist die Luke, durch die ich unzählige Male in meiner Kindheit und zum letzten Mal heute Nachmittag geklettert bin, mit Brettern zugenagelt. Durch einen winzigen Schlitz kann ich ins Innere des Dachbodens sehen, allerdings nichts erkennen, weil es zu dunkel ist. Irgendwas ist also passiert und ich hoffe, dass die Polizei Jakob geschnappt hat. Vielleicht vernehmen sie ihn sogar in diesem Moment. Dann käme Bewegung in die Sache und die Polizei würde die Suche nach Isa wieder forcieren, vielleicht haben sie sogar in diesem Moment schon Neuigkeiten. Ich muss die nächsten Stunden irgendwie rumkriegen, denke ich und klettere zurück.

Irgendwann muss ich tatsächlich eingeschlafen sein, denn plötzlich werde ich von einem Geräusch geweckt. Einige Sekunden lausche ich benommen, weil ich zu verschlafen bin, um zu kapieren, was los ist. Doch dann wird mir klar, dass das Schritte sind, die ich da höre, leise, schleichende Schritte, das Knarzen des Holzbodens und das Rascheln von Kleidung. Jemand läuft durch das Zimmer, schießt es mir durch den Kopf. Panisch taste ich nach dem Lichtschalter, was mal wieder viel zu lange dauert, da ich mich in dem neuen Bett noch immer nicht auskenne. Dann ist es hell.

Mitten im Zimmer steht ein hagerer, großer Junge mit tief liegenden Augen und extrem kurz geschorenen Haaren. Ich will gerade lauthals losschreien, da wedelt er panisch mit der Hand, drückt sich in die hinterste Ecke des Zimmers und sagt: »Psssst, ich tu dir nichts! Ehrlich. Pssssst, nicht schreien. Mein Name ist Jakob Lauterbach. Ich bin ...«

»Ich weiß, wer du bist«, unterbreche ich ihn. Dieser verwahrloste Mensch hat äußerst wenig gemein mit dem hübschen Jungen auf den Bildern, die mir Isa in die USA geschickt hat. Ungläubig betrachte ich ihn. Ein Knistern liegt in der Luft. Es gibt so schrecklich viel zu sagen, dass er anscheinend genauso wie ich keine Ahnung hat, wo er anfangen soll. In der einen Hand trägt er eine zerknitterte Plastiktüte, seine Klamotten sind verdreckt, ein Hosenbein ist zerrissen, sein Gesicht voller Schrammen und die Oberlippe ist geschwollen, so wie eine Lippe aussieht, wenn man viel geweint hat. Erst nach längerem Hinschauen erkenne ich die sanften, dreieckigen Augen und die auffällig kleinen Ohren.

»Was tust du hier?«, durchbreche ich schließlich die Stille.

Er antwortet nicht. Stattdessen sinkt er auf die Knie und fängt an zu weinen, laut und hemmungslos.

Ich setze mich auf die Bettkante und ziehe mir die Jacke über, die ich vorhin achtlos auf den Boden geschmissen habe.

»Die Polizei sucht dich, weißt du das?«, frage ich ihn.

Er reagiert nicht, sitzt einfach nur schluchzend da, mit hängendem Kopf, und lässt die Tränen auf seine eh schon völlig versiffte Hose tropfen.

»Wo ist Isa? Hast du was mit ihrem Verschwinden zu tun?«

»Ich ... ich...«, schnieft Jakob und wischt sich mit dem Handrücken Tränen und Rotz aus dem Gesicht. Ich hole eine Packung Taschentücher aus dem Regal und reiche sie ihm, aber er registriert mich gar nicht.

»Jetzt sprich schon«, insistiere ich.

»Ich ... kann ich was trinken und vielleicht auch was essen?«

Obwohl ich große Lust habe, seinen Wunsch einfach zu ignorieren, gehe ich dann doch ins Bad, fülle mein Zahnputzglas mit Wasser und krame, als ich wieder zurück bin, das verpackte Käsesandwich aus meinem Rucksack, das ich im Flugzeug bekommen, aber nicht gegessen habe.

Jakob hat sich auf den Fußboden gesetzt und mit dem Rücken an den Kleiderschrank gelehnt. Ich setze mich zurück auf die Bettkante und schaue zu, wie er isst und trinkt. Er scheint sich zu fangen, die Pausen zwischen seinen Schluchzern werden länger und die Schluchzer leiser und kürzer. Endlich schaut er mich an, erst blinzelnd, weil die kleine Stehlampe neben mir ihn wahrscheinlich blendet, doch irgendwann gewöhnt er sich daran und kann meinem Blick standhalten.

»Du bist Sophie«, sagt er. Es ist keine Frage, sondern eine Feststellung, daher nicke ich bloß und warte, ob noch mehr kommt. Aber sein Kopf senkt sich wieder in Richtung der Plastiktüte, die auf seinem Schoß liegt.

Schweigen.

Irgendwann wird es mir zu bunt und ich sage: »Ich denke mal, dass du einen Grund hattest hierherzukommen, oder?«

Er nickt und wendet seinen Blick Richtung Fenster, starr, müde. Endlich fängt er an zu sprechen: »Ich war schon öfter hier. Ich ... ich muss manchmal in diesem Zimmer sein. Das ist der einzige Ort, an dem ich mich spüre, weißt du.« Pause. Er sitzt ganz ruhig da, seine Hände liegen auf seinem Schoß, sein Kopf ist gegen die Schranktür gelehnt. »Isabel hat mir den Dachboden gezeigt, hat mir erzählt, dass ihr dort immer gespielt habt, und wir ...« Er atmet einmal schwer durch. »Wir haben uns dort geliebt, mehrmals. Es war so ... Jetzt war es mein Versteck, bis die Polizei ...« Seine Stimme ist so sanft wie sein Blick. »Manchmal fühlt es sich so an, als ob ich schon tot bin. Wenn ich hier bin, dann denke ich, dass ...«

Langes Schweigen.

»Was weißt du von Isa?«, bedränge ich ihn.

Er hebt wieder den Kopf und schaut mich an, als müsste meine Frage erst unzählige Hirnwindungen durchlaufen, bis er sie versteht. Dann sagt er endlich: »Ich hab mich mit ihr gestritten.«

Pause.

Okay, denke ich und unterdrücke meinen Impuls, ihn kräftig zu schütteln. Er braucht viel Zeit, extrem viel Zeit, und ich will wissen, was er weiß. Ich atme lauter ein, als ich eigentlich müsste, und endlich spricht er weiter – langsam, unendlich langsam, aber er spricht:

»Ich habe sie davon überzeugen wollen, dass sie mit dem Castingscheiß aufhört. Es hat ihr nicht gutgetan. Je weiter sie gekommen ist, desto mehr hat sie nur noch davon geredet. Echt. Das war schrecklich. Es war so ... so schlimm anzusehen, dass ihr Glück nur noch von diesen verdammten Shows abhing. Hallo? Ist das Glück? Das war doch eine Sackgasse! Eine gottverdammte Scheiß-

Sackgasse!« Er stößt mit dem Hinterkopf mehrmals kraftvoll gegen die Schranktür.

»Hey, lass das. Du weckst alle auf«, fahre ich ihn an und er hört sofort damit auf. »Das ist doch Blödsinn, was du da redest. Es hat ihr Spaß gemacht. Sie wollte gewinnen, ist doch logisch.«

Jakob schaut an mir vorbei in die Lampe. Er hat tiefe Ränder unter den Augen und etwas an ihm rührt mich trotz seiner irren Worte. Mir scheint, als könnte ich die unendlich vielen Gedanken in seinem Kopf herumschwirren hören, wie ein Rauschen.

»Weißt du, wo sie ist?«, frage ich in die Stille hinein und bin angespannt wie ein Bogen, kurz bevor der Pfeil losgelassen wird.

Aber Jakob schüttelt den Kopf.

»Sie lebt noch«, sagt er ganz ruhig.

»Wie kommst du darauf? Hast du sie eingesperrt?«

»Hey!«, sagt er in einer für ihn unpassenden Lautstärke, die mich erschreckt. »Nur weil ich sie einmal eingesperrt habe, bin ich noch lange kein Verbrecher. Das waren noch nicht mal zehn Minuten. Verdammt!« Wieder haut er mit ganzer Kraft seinen Kopf gegen den Schrank. Einmal, zweimal.

»Hör auf!«, sage ich barsch. »Das macht es auch nicht besser. Was meinst du mit dem Einsperren?«

»Ich habe Isabel vor alldem schützen wollen. Ruhm und Geld fressen Seelen auf. Sie ist so ein sensibles, verletzliches Wesen, so gutmütig und rein.«

Der steht doch unter Drogen, denke ich. Oder er hat

einen Dachschaden. Ich meine, die beiden waren gerade mal fünf Monate zusammen. Wie kann er da so tun, als kenne er Isa besser als sie sich selbst?

»Zum letzten Mal«, sage ich jetzt betont unfreundlich. »Wie meintest du das mit dem Einsperren?«

»Ich habe sie nicht eingesperrt. Ich wollte sie schützen. Das sind zwei verschiedene Dinge.«

»Wie sah dieses ...«, ich mache eine Pause, um die Lächerlichkeit des Wortes zu betonen, »... Schützen denn aus?«

Jakob zeigt sich unbeeindruckt von meinem Sarkasmus. Ruhig antwortet er: »Ich habe sie am Abend vor der dritten Show besucht, wollte ihr zeigen, wie schön unser Leben ist, mit Frühstück im Freien, Spaziergang, Vorlesen ...«

Aus Angst, seinen schleppenden Gedankenfluss zu bremsen, höre ich auf zu atmen. »Ich habe alles vorbereitet. Es sollte ein perfekter Tag werden. So perfekt, dass er sie umstimmen sollte. Aber sie hat immer nur von der Show gesprochen, nicht einmal frühstücken wollte sie mehr mit mir.« Er zieht seine Knie an seinen Körper und umfasst seine Beine. »Da hab ich sie eingesperrt! Es war für mich mindestens so schlimm wie für sie. Ihre Rufe und ihr Klopfen waren wie Messerstiche in mein Herz.«

Aus seinen Worten spricht in erster Linie Selbstmitleid, denke ich und mir scheint, dass er unter extremem Realitätsverlust leidet.

»Und dann?«, frage ich.

Er umschlingt seine Knie noch fester mit den Armen,

sodass er jetzt wie ein gut geschnürtes Paket vor mir auf dem Boden sitzt.

»Nach ein paar Minuten habe ich den Stuhl unter der Klinke weggenommen und bin gegangen. Ich habe Isabel nie wiedergesehen.« Nach diesen Worten legt er seinen Kopf auf die Knie.

»Und das soll ich dir glauben?«

»Es ist die Wahrheit«, sagt er in seinen Schoß hinein. »Ich habe sie geliebt, nein, ich liebe sie. Und wenn ihr irgendwer etwas angetan hat ... dem gnade Gott!« Er spricht leise. Ich höre seine Verzweiflung und merke, wie ich anfange, ihm zu glauben.

»Hast du einen Verdacht?«

Er lacht einen einzigen Lacher. Dabei zucken seine Schultern nach oben und die Schranktür knarzt durch die heftige Bewegung. »Einen?«, schnaubt er wütend. »Tausende! Als Erstes habe ich an die Kretschmers gedacht. Die Alte würde doch über Leichen gehen, um ihre Tochter in Hollywood zu sehen. Dann gab es noch diese unzähligen Typen, die auf Isa abgefahren sind. Selbst ich war plötzlich in der Stadt ein Star, man wollte Autogramme von mir, weil ich ihr Freund war. Stell dir vor! Wie krank ist das denn? Da gab's Typen, die hätten alles getan, um nur mal eine Minute mit ihr verbringen zu können.« Er lehnt seinen Kopf wieder an den Schrank und schüttelt ihn bei geschlossenen Augen. Er wirkt abwesend, versunken in seinem persönlichen Albtraum.

Der Typ hat nichts mit Isas Verschwinden zu tun. »Du

solltest jetzt besser nach Hause gehen und dich vor allen Dingen der Polizei stellen.«

Er nickt, und als ich ihm die Hand reiche, nimmt er sie und lässt sich hochziehen.

Ich bringe ihn runter. Zum Glück begegnet uns niemand. Es ist etwa zwei Uhr, das ganze Haus liegt in tiefem Schlaf. Unten an der Haustür verabschieden wir uns und ich blicke ihm nach, wie er vornübergebeugt, die Hände in den Hosentaschen und die Plastiktüte am rechten Handgelenk baumelnd die Straße Richtung Innenstadt geht.

Ist so ein Mensch zu einem Verbrechen fähig?, frage ich mich und lasse die letzte halbe Stunde Revue passieren, denke an sein Schluchzen und an seine Worte und überlege, ob ich ihn als Hauptverdächtigen von der Liste streichen soll.

Videotagebuch – 26.06.

Mir reicht's! Hier. Das habe ich grad gelesen. Ist wahrscheinlich zu klein für die Kamera. Egal. Ich werde diesen Scheiß trotzdem nicht vorlesen, da reg ich mich viel zu sehr auf. Dieser Typ, der den Artikel geschrieben hat, gehört mit 'nem Stein um den Hals in den Main geschmissen. Mindestens! Ich meine, was soll das? Gibt der mir die Schuld an Papas Tod. Ich war sieben! Ich war sieben Jahre alt, als mein Vater neben mir im Meer ertrunken ist. Und dann soll ich schuld gewesen sein???

Scheiße!

Einatmen.

Noch mal.

Ich darf jetzt nicht heulen. Ich hab keine Lust, dass jemand was von meiner Wut mitkriegt. Morgen ist Finale und ich bin drauf wie ein Schnellkochtopf auf höchster Stufe. Kurz vorm Platzen.

Jahrelang bin ich damit beschäftigt, mir meine Schuldgefühle wegen dem verfickten Scheiß-Surfbrett auszureden, und jetzt kommt da so ein Vollhorst und behauptet, ich sei schuld und fürs Leben gezeichnet. Und die ganze Nation liest das. Geht's noch? Arschloch!

Krass, ich muss echt runterkommen. Heute ist noch mal volles Programm mit 1000 Proben fürs Finale. Hätte ich diesen bekackten Artikel doch nicht gelesen. Die blöde Kretschmer hat ihn mir beim Frühstück rübergeschoben. War ja klar, dass von der nichts Gutes kommt. Mittlerweile bin ich übrigens davon überzeugt, dass die was mit der Nussattacke zu tun hatte. Aber beweisen kann ich's natürlich nicht, ist mir auch scheißegal.

Ich habe mir so sehr gewünscht, dieses Casting zu gewinnen und Schauspielerin zu werden. Einfach nur Schauspielerin, kein Star. Ich wollte Charaktere spielen, mich in fremde Menschen einfühlen, Geschichten erzählen. Punkt. Aus. Mehr nicht. An diesen ganzen Nebenscheiß hab ich nicht gedacht. Wie halten die Stars das aus? Ist mir echt ein Rätsel.

Ben hat mir zum Glück versprochen, heute Abend was mit mir zu machen, damit ich nicht durchdrehe. Er ist der Einzige, dem ich erzählt habe, wie sehr mich das alles anpisst. Mit Nils ist es immer noch komisch. Er geht mir aus dem Weg. Vielleicht hab ich ihn auch nicht genug beachtet, weil ich mich konzentrieren wollte. Wenn ich jetzt die Show verliere, hab ich hinterher weniger als vorher. Jakob hab ich verloren, meine Unsichtbarkeit in der Schule ist futsch, mein Traum von der Schauspielerei wär auch dahin.

Wie sadistisch muss dieser Reporter eigentlich sein, dass er diesen Artikel einen Tag vorm Finale schreibt? *Fuck*, jetzt fange ich schon wieder damit an. Verdrängen, nicht dran denken.

Ich werde das jetzt morgen zu Ende bringen, und egal,

wie's ausgeht, diesen ... Moment, was für ein Kürzel hat er? Oder sie, kann ja auch eine Frau geschrieben haben, theoretisch. Also, diesen oder diese SG werd ich mal besuchen, irgendwann, das steht fest!

Dienstag, 01.07., 08:30 Uhr

Ich sitze bei Mama in der Küche und esse Brötchen mit Rührei. Das Frühstück habe ich diesmal alleine gemacht, weil Mama ein Problem mit der Fleischlieferung klären musste. Wenigstens konnte ich mich auf die Weise schön hinter meiner Küchenarbeit verstecken und den Kretschmers aus dem Weg gehen. Die haben bereits um sieben Uhr am Frühstückstisch gesessen, wurden aber zum Glück kurz darauf abgeholt. Nach dieser Nacht war ich nicht in der Lage, sie auf ihre Nussrecherche im Internet anzusprechen. Erst mal zur Polizei, dachte ich mir, dann weitersehen.

Mama fragt nach meinem gestrigen Tag und den heutigen Plänen und ich beschließe, sie anzulügen, erzähle was von alten Freunden und einer Psychologievorlesung. Ihre Augen sind immer geschwollen, und wenn sie sich unbeobachtet fühlt, benutzt sie Augenspray, wahrscheinlich irgendwas zur Beruhigung. Ich wette, dass sie weint, sobald sie alleine ist. Da muss ich sie nicht auch noch mit meinen Aktionen belasten.

Es ist halb neun, Zeit aufzubrechen. Ich hole meine Tasche von oben, und als ich die Treppe runterkomme, tritt plötzlich Ben durch die Tür.

»Hey, musst du nicht ans Set?«, frage ich.

»Da komm ich gerade her«, antwortet er. »Sie haben mich zur Altenburg geschickt, weil dort am Freitag der letzte Dreh ist. Und weil ich Neuigkeiten für dich habe, dachte ich mir, komm ich schnell vorbei.«

»Neuigkeiten?«

»Es ist wegen Nils, dem Kameramann. Das hat mir gestern keine Ruhe gelassen und deshalb habe ich einen gemeinsamen Kumpel angerufen. Na ja, eigentlich war das Nils' Assistent, aber ich fand ihn auch nett. Paul heißt er.«

»Und?«, drängele ich.

»Paul meinte, dass Nils sich in letzter Zeit komisch verhält. Er würde sich kaum melden, ginge selten ans Handy, würde keinen Job annehmen, was Paul total nervt, weil er als Assi mit dranhängt. Irgendwas sei faul mit dem Typen.«

»Hast du nach seiner Adresse gefragt?«

»Klar. Er wohnt in einem kleinen Kaff in der Nähe von Höchstadt. Und es gibt noch mehr: Ich habe ihm von diesem komischen Anruf erzählt.«

»Echt? Bist du wahnsinnig? Wenn sich das rumspricht, bin ich dran.«

»Keine Sorge. Paul ist in Ordnung. Aber jetzt pass auf.« Ben kommt einen Schritt näher und spricht leise weiter: »Er meinte, dass Nils in was reingerutscht sei, ganz sicher. Er hätte total oft geheime Gespräche mit seinem Handy geführt und wäre zwischen Show und Finalparty lange mit dem amerikanischen Produzenten verschwunden und danach nicht mehr auf der Party aufgetaucht, was er eigentlich vorhatte.«

»Okay«, sage ich und überlege, was jetzt wichtiger ist. Die Polizei oder Nils?

»Wir könnten zusammen hin«, schlägt Ben vor.

»Wann?«

»Jetzt. Allerdings müsste ich erst an der Altenburg meine Aufträge erledigen. Geht aber ganz schnell.«

»Sollten wir das nicht lieber alles der Polizei erzählen? Da wollte ich eh gerade hin.«

»Zur Polizei?«, fragt Ben mit einem Gesichtsausdruck, als wäre das die abwegigste Idee, die er je gehört hat. »Hast du echt noch Vertrauen zu denen? Was, wenn sie dir nicht glauben oder mal wieder Wichtigeres zu tun haben?« Er schaut mich fragend an. »Hey Mann, wenn Isa wirklich bei Nils ist, dann müssen wir da jetzt hin. Aber ich fahr auch alleine, wenn's sein muss.«

»Okay, okay. Hast ja recht. Aber wenigstens ihre Sachen hätte ich gerne. Können wir die nicht schnell abholen?«

»Geht das nicht hinterher?«

»Bitte! Wenn du auf der Burg bist, kann ich die Zeit nutzen und den Brief lesen.«

»Also gut, aber das muss ganz schnell gehen, sonst krieg ich Stress am Set.«

»Klar.«

Wenig später steht der Karton mit Isas Sachen schwer auf meinem Schoss. Kommissar Becker hätte eh bis Mittag keine Zeit für mich gehabt, wie er mir freundlich, aber in Eile mitgeteilt hat. Den Karton hat er mir noch gegeben und mich für zwölf Uhr einbestellt.

»Die Auswertungen haben übrigens ergeben, dass Isabel den Brief definitiv selber geschrieben hat«, hat er auch noch gesagt, bevor er zu seinem Termin ist.

Jetzt sitze ich wieder auf dem Beifahrersitz von Bens unaufgeräumten Auto, das so ähnlich riecht wie sein Zimmer, muffig und abgestanden, und blicke auf den Karton. Das Kleid, das Isa beim Finale getragen hat, war so schön. Rote Seide, knallrote Seide. Ich sehe genau vor mir, wie sie ...

»Traust du dich nicht?«, fragt Ben, der den Wagen Richtung Altenburg lenkt.

Ich schüttele den Kopf.

»Versteh ich.«

Wir schweigen.

Ich werde ihn auf der Altenburg öffnen, wenn ich alleine bin, beschließe ich, löse meinen Blick vom Karton und schaue rüber zu Ben. Er sieht nicht gut aus. Seine Gesichtsfarbe ist grau, die Haare sind ungewaschen, er hat Akne und seine Finger sind ununterbrochen mit etwas beschäftigt, im Moment trommeln sie unruhig gegen das Lenkrad.

»Was ist?«, fragt er und lächelt nervös.

»Nichts«, antworte ich, drehe mich zum anderen Fenster und nehme mir fest vor, Ben in Zukunft nicht wieder aus den Augen zu verlieren. Er war immer hilfsbereit gewesen, hat mir und meinen Freunden in der Schule geholfen, wenn wir auf dem Schlauch gestanden haben, und niemals hat es ihm jemand mit Freundschaft gedankt.

»Danke«, sage ich.

»Wofür?«

»Na ja, dass du mir hilfst.«

»Ist doch klar.« Er räuspert sich verlegen.

Kurz darauf stellt er den Wagen auf dem Parkplatz der Altenburg ab. »Ich brauche höchstens 30 Minuten. Muss nur was klären wegen des Drehs übermorgen.«

»Gut. Ich setze mich auf die Bank beim Obelisken. Bin in 20 Minuten am Auto. Lässt du's offen?«

»Geht gar nicht anders. Die Karre lässt sich nicht mehr abschließen. Bis gleich also. Ich beeil mich.«

Ben rennt über die Zugbrücke in die Altenburg. Ich nehme den Karton, schließe die Wagentür und gehe ihm nach, durch die Burg durch und eine Treppe hinunter. Beim Obelisken setze ich mich auf eine Bank, die etwas versteckt und daher geschützt vor den Blicken der Touristen steht. Von hier aus hat man einen ebenso spektakulären Blick auf Bamberg wie vom Aussichtspunkt oben, wo sich die Menschen gegenseitig auf die Füße treten, vor allem wenn gerade das kleine gelbe Bähnchen wieder einen Schwung Touristen ausgeschüttet hat. Hier oben habe ich schon unzählige Male gesessen, auch mit Isa. Zaghaft streiche ich mit den Fingern über den Deckel des Kartons. Ich hole tief Luft, will den Deckel heben, schaffe es aber nicht. Ich atme wieder aus. Scheiße! Was erwartet mich unter diesem Deckel? Ein Brief, den ich nicht lesen will, Dinge, die ich nicht sehen will. Das feuerrote Kleid, dessen Stoff ich weder fühlen noch riechen ...

Jetzt! Geschafft! Ohne weiter nachzudenken, habe ich den Deckel mit einem Ruck hochgehoben. Das Rot ist noch roter, als ich es in Erinnerung habe. Unglaublich, dass meine kleine Schwester dieses Kleid getragen hat. Ich kenne sie nur in meinen ausrangierten Klamotten. Sanft streiche ich über den Stoff. Es fühlt sich himmlisch an, weich und kühl. Behutsam nehme ich das Kleid heraus, strecke meine Arme und lasse es vor mir in ganzer Länge nach unten fallen. Sofort sehe ich Isa darin, wie sie mit ihrem ernsten Gesicht zur Finalparty geht, mit Mama an ihrem rechten Arm. So waren die beiden auf vielen Fotos zu sehen. So anders, so fremd.

Ob sie sich womöglich meinetwegen verändert hat? Weil ich nicht mehr da war, die große Schwester, auf die sie sich nicht mehr fixieren konnte? Hat es ihr am Ende gutgetan, dass ich nicht mehr allgegenwärtig war und sie sich endlich frei entfalten konnte? Ich schüttele mich, als könnte ich damit die Gedanken aus dem Kopf schleudern. Egal, denke ich. Das ist jetzt nicht wichtig. Ich halte den Stoff unter meine Nase. Er riecht nach Karton und zum Glück nicht nach Isa.

Vorsichtig falte ich das Kleid zusammen und lege es neben mich auf die Bank. In dem Karton befinden sich noch Isas Tasche, Schuhe, Schmuck und der Brief. Ich nehme zuerst die Tasche. Es ist die kleine, bunt bestickte Ausgehtasche, die Oma ihr mal geschenkt hat. Ich mache sie auf und sehe lediglich einen Lippenstift und eine Packung Taschentücher. Kurz zögere ich und kämpfe gegen das Bedürfnis an, den Lippenstift zu öffnen und zu benutzen, mich dem Gefühl hinzugeben, ihr dadurch nah zu sein. Ich lasse es, lege die Tasche auf das Kleid und greife nach dem Briefumschlag. Er wiegt schwer in meiner Hand, denn er könnte das Ende meiner Ermittlungen bedeuten. Vielleicht überzeugt er mich auch, so wie all die anderen. Damit wäre meine Hoffnung, dass ich meine Schwester wiedersehen würde, dahin. Wie gelähmt sitze ich da, den kleinen, weißen Umschlag in meiner Hand, und warte auf den Mut, den Brief rauszuziehen. Ich blicke auf, schaue runter auf meine Heimatstadt, suche das Hotel, das Mama uns einmal von hier oben gezeigt hat, finde es und ziehe im selben Moment den Brief aus dem Umschlag.

Isas Schrift ist unverkennbar: leicht nach rechts geneigt und in Druckbuchstaben.

Liebe Mama, liebe Sophie,

ich kann nicht mehr. Obwohl ich an dem Ziel angekommen bin, für das ich so hart gekämpft und gearbeitet habe. Das alles war härter als gedacht und jetzt, mit dem Ruhm und der Rolle in der Tasche, kommen in mir Gefühle auf, mit denen ich nicht gerechnet habe. Ich will das alles nicht. Ich will nicht nach Amerika. Ich will nicht hierbleiben. Ich will seit acht Jahren eigentlich nur eins:

Sterben. Sterben – wie mein Vater. Bitte seid mir nicht böse. Ich hab Euch lieb,

Eure Isabel

PS: Ich habe keine Angst, ehrlich.

Nachdem ich den Brief bestimmt zehn Mal gelesen habe, lasse ich ihn in meinen Schoß sinken. Das ist doch nicht Isa, denke ich. Mamas und Bens Worte gehen mir durch den Kopf, als sie mir von Isas Sehnsucht nach dem Tod erzählt haben. Wie konnte sie das komplett vor mir verbergen?, frage ich mich und weiß gleichzeitig, dass so etwas vorkommt. Manche Menschen führen über Jahrzehnte ein Doppelleben, ohne dass die engsten Verwandten irgendetwas mitkriegen. Andere leben mit einem Trauma, was bis zum Ausbruch vor jedem verborgen bleibt. Dass mir allerdings so etwas passieren würde, hätte ich nie für möglich gehalten. Wahrscheinlich denken das alle, die plötzlich vor solchen Trümmern stehen und sich fragen, warum sie die Vorboten nie bemerkt haben.

Trotzdem.

Mit dem Brief stimmt was nicht. Ich lese die Zeilen noch einmal. Mir fällt auf, dass Isa von »meinem Vater« spricht, obwohl sie den Brief an Mama und mich adressiert hat. Wie absurd. Papa war immer einfach nur Papa für uns. Wir haben zwar wenig von ihm gesprochen, aber wenn, dann einfach von Papa. Ich muss an das Bild an Isas Kopfende denken. Waren Gespräche über ihn meinetwegen tabu? Kann das wirklich so gewesen sein? Wir stehen uns so nahe und schaffen es trotzdem nicht, über die wirklich wichtigen Dinge zu sprechen. Und warum? Warum? Weil wir uns gegenseitig schützen wollen? Wie absurd. Wie absolut absurd! Ich merke, dass ich noch immer nicht in der Vergangenheit denken kann. Ich kann es einfach nicht.

Wieder blicke ich auf die Zeilen. Sie hat mit Isabel unterschrieben. Aber sie heißt Isa in der Familie. Ich kann mich nicht erinnern, dass Mama oder ich sie jemals Isabel genannt haben, nicht mal, wenn sie was angestellt hat. Wollte Isa uns durch die Wortwahl ihr Erwachsensein mitteilen? Angesichts ihres Todes irgendwie unpassend trotzig, finde ich. Zu trotzig.

Und da sehe ich es. Das Zeichen. Unser Zeichen. Sie hat einen Daumen gemalt, ziemlich undeutlich, als hätte sie ihn hektisch hingeschmiert, aber ich erkenne ihn. Er zeigt nach unten. Ich höre ihre Stimme. Am Flughafen. Beim Abschied. In meinen Armen.

»Ich melde mich, wenn ich angekommen bin.«

»Zeichen!«

»Oben. Was denkst du denn, natürlich melde ich mich.«

»Wie oft?«

»Oft.«

»Zeichen?«

»Jetzt hör auf. Ich melde mich, sooft ich kann!«

Ich stehe auf, kann nicht mehr ruhig sitzen. Halte ich mich an Unwichtigkeiten fest oder ist das endlich der gesuchte Beweis, dass Isa diesen Brief nicht geschrieben hat beziehungsweise wahrscheinlich dazu gezwungen wurde?

Ich schaue mir das Gekritzel noch mal an. »Zeichen unten.« Es bedeutet so viel wie: Das, was ich hier schreibe, ist nicht wahr. Wenn Isa mir das sagen wollte, ist es meine Aufgabe, dem nachzugehen. Ich bin die Einzige, die das Zeichen versteht. Womöglich ist sie irgendwo gefangen und hofft genau auf diesen Moment, nämlich dass ich das Zeichen finde und erkenne.

Ben müsste gleich fertig sein, denke ich. Auf zu Nils und dann zur Polizei.

Sie lebt.

Isa lebt!

Videotagebuch – 27.06.

Es ist 13:06 Uhr. Wir haben Mittagspause. Eigentlich soll ich mich hinlegen, sagt Rita, aber das kann ich vergessen. Mein Herz pumpt gegen meine Panik an, und wenn ich mich hinlege, höre ich das Blut in meinen Ohren rauschen, was die Aufregung nur noch schlimmer macht.

In sieben Stunden fängt das Finale an. Wir machen um 15 Uhr noch einen Durchlauf und dann geht's los mit Maske, Haare, Anziehen und dem ganzen Kram. Mama kommt auch. Sie geht nie abends weg, zumindest kann ich mich an kein einziges Mal erinnern. Für heute hat sie sich extra ein Kleid gekauft und ist zum Friseur gegangen, weil sie natürlich auch gefilmt wird. Sie ist bestimmt total aufgeregt.

Wie spät ist es jetzt bei Sophie? 13 plus 9? ... Ich kann nicht mal mehr rechnen. Sie hat vorhin geschrieben. Verdammt! Wär sie doch hier!

Heute sehe ich Nils zum letzten Mal. Ich habe ihn nie gefragt, warum er mir nach dem Kuss aus dem Weg gegangen ist. Hab mich einfach nicht getraut. Seit gestern krieg ich diese verdammte Szene nicht mehr aus dem Kopf. Bescheuert, dass ich mich da jetzt so reinsteigere. Ich hatte mehr als 1000 Chancen, ihn zu fragen, aber was hätte es für Antwortmöglichkeiten gegeben?

»Tut mir leid, ich habe schon eine Freundin.« – Wieso hat er mich dann überhaupt geküsst?

»Sorry, aber ich habe zu viel Respekt vor deinem Ruhm.« – Lächerlich.

»Tut mir leid, aber du küsst zu schlecht.« – Klingt am plausibelsten, will ich aber nicht hören. Außerdem, wer ist so ehrlich, so etwas zu sagen? Scheiße!

13:08 Uhr.

Wenn mein Herz für den Rest des Nachmittags so weiterpumpt, falle ich spätestens auf der Bühne tot um. Das hält doch keiner aus. Der Produktionsassistent hat mir erzählt, dass viele Stars vor dem Auftritt Tabletten nehmen. Aber das geht für mich gar nicht. Da halte ich mich lieber an das, was uns der Mayer gepredigt hat: Setzt die Aufregung um, verwandelt sie in Energie, davon braucht ihr jede Menge auf der Bühne. Aufregung ist gut und wichtig, hat er betont, denn sie fördert die Wachsamkeit und damit die Konzentration ... Meine Güte, was laber ich für einen Scheiß.

13:09 Uhr.

Warum bin ich nicht zu Mama gefahren? Rita hat mir davon abgeraten. Dabei wäre das genau der Ort gewesen, wo ich hätte runterkommen können. Im Speisezimmer, am Familientisch, mit Mamas Essen vor mir ... Jetzt hocke ich hier. Auf einer Pritsche in einer Garderobe von der Brose Arena, dem größten Veranstaltungsort Bambergs und dem drittgrößten in Bayern. Weltstars habe ich hier schon gesehen, richtige Berühmtheiten. Und jetzt ich ... es ist lächerlich.

Ich komme mir vor wie in einer Todeszelle. Ich muss hier raus. Aber wohin? Wenn ich spazieren gehe, einfach ein bisschen laufe, werde ich sofort von Journalisten umringt, wie eine Eizelle von Spermien. Das habe ich zwar vorher gewusst, logisch, aber die Konsequenzen natürlich ignoriert, auch logisch. Hätte ich mich bei *Levis Schwester* beworben, wenn ich die Möglichkeit gehabt hätte, für eine Sekunde mein jetziges Gefühl zu fühlen? Wahrscheinlich schon, weil ich die Show so sehr gewollt habe. Ich hätte niemals geglaubt, dass es sich so schrecklich anfühlt.

13:10 Uhr.

Ich kriege keine Luft mehr. Scheiße, bin ich aufgeregt. Wann schlägt das in Panik um? Merkt man das? Und wie wird es weitergehen? Angenommen, ich gewinne heute das Finale ... dann geht's ja erst richtig los. Zwei Wochen Dreh in Deutschland, dann nach Amerika. Dort weitere vier Wochen Dreh. Und dann? Komme ich zurück? Werde ich hier normal weiterleben können? Auf die Schule gehen? Eis essen auf der Unteren Brücke? Und was ist mit Jakob? Ich muss hier raus. Ich werde jetzt Nils suchen und ihn fragen, was das mit uns war oder ist. Ich will ihn heute nicht zum letzten Mal sehen. Ich ... ich... Schluss jetzt, ich geh!

Dienstag, 01.07., 09:30 Uhr

Ich sitze in Bens Auto und beobachte, wie die kleine gelbe Touristen-Bimmelbahn vor dem Eingang der Altenburg hält und jede Menge Touristen ausspuckt. Der Fahrer setzt sich neben sein Bähnchen auf einen Stein und steckt sich eine Zigarette an. Er wird jetzt zehn Minuten hier stehen, bevor er seine immer gleiche Runde fortsetzt über die Hügel rund um Bamberg bis zurück zum Dom.

Durch die sommerlichen Temperaturen ist es im Auto unerträglich heiß. Ich ziehe meine Jacke aus und schmeiße sie nach hinten auf den Rücksitz. Durst! Ich schaue mich um, aber hier ist weit und breit kein Kiosk zu sehen.

Zum Glück höre ich Ben jetzt von Weitem rufen: »Ah, da bist du ja. Ich habe alles erledigt. Wir können fahren.«

Als er einsteigt, rumpelt es komisch.

»Oh nein!«, brummelt er. »Nicht schon wieder!«

»Was war das?«, frage ich.

Er klopft auf seine linke Hosentasche und antwortet: »Mal wieder mein Handy. Möchte nicht wissen, wie oft mir das schon aus der Hosentasche gefallen ist. Egal, das fische ich später wieder aus der Ritze.« Er macht den Motor an und fährt los.

»Weißt du, wo wir was zu trinken kaufen können? Ich habe schrecklichen Durst.«

»Unterwegs gibt's 'ne Tankstelle«, antwortet er. »Und? Was war in dem Karton?«

»Wie erwartet: Isas Sachen und der Abschiedsbrief.«

»Was steht drin?«

»Der Brief ist nicht echt«, sage ich.

»Wie meinst du das?«

»Den hat Isa nicht freiwillig geschrieben. Sie hat unser Zeichen gemalt. Wenn eine von uns etwas sagt und die andere nach dem Zeichen fragt, muss sie mit ›Zeichen oben‹ oder ›Zeichen unten‹ die Wahrheit sagen, ob sie will oder nicht. Es ist heilig. Wenn sie also schreibt, dass sie sich umbringen will, und dann ›Zeichen unten‹ malt, ist das nicht wahr.«

Während ich spreche, mache ich den Karton auf und hole den Brief heraus. »Schau, so sieht es aus.«

Ich halte ihm das Papier unter die Nase. Ben fährt rechts ran und nimmt den Brief in die Hände. Ich deute auf das Zeichen, das für einen Nicht-Insider auch einfach nur ein undefinierbares Krickelkrakel sein könnte, um zum Beispiel den Stift zu testen oder so.

»Äääähhhh ...« Er dreht den Zettel nach allen Seiten. »Was soll das sein?«

»Hier, schau.« Ich beuge mich rüber. »Das da ist die Hand und das ist der Daumen. Und der zeigt eindeutig nach unten.«

»Na ja«, sagt Ben und wiegt seinen Kopf hin und her. »Mit viel Fantasie vielleicht.« Er liest jetzt den ganzen

Brief. »Es könnte auch ein Ausdruck ihrer Stimmung sein. Also ganz normal ein Daumen-unten-Zeichen für schlechte Laune.«

»Niemals!«, sage ich. »Das ist ein Zeichen. Und zwar für mich!«

Ben gibt mir den Brief zurück und fährt wieder zurück auf die Straße.

»Okay«, sagt er. »Umso schneller müssen wir zu Nils.«

»Ja«, antworte ich. Mein Magen fühlt sich an, als hätte ich was Lebendiges gegessen, total aufgewühlt. »Isa lebt.«

Ben zuckt mit den Schultern. »Ich hoffe es.«

»Wenn sie bei Nils nicht ist«, überlege ich laut, »ist sie bei den Kretschmers, bei Jakob oder in den Händen einer ominösen Filmmafia, was ich ehrlich gesagt am wenigsten hoffe. Und dann gibt es auch noch diese Wiebke.«

»Was soll mit der sein?«

»Susan, die Aufnahmeleiterin, hat mir erzählt, dass es zwischen Isa und Wiebke Stress gegeben hätte. Und Isa hat auch mal was beim Skypen erwähnt.«

»Hmmm«, brummt Ben. »Ganz normaler Zickenkrieg, würde ich sagen. Da ist die Tankstelle. Was magst du?«

»Einfach nur Wasser«, antworte ich. »Danke.«

»Geht klar«, sagt er und steigt aus.

Mein Kopf tut weh. Ich komme mir vor wie auf einer riesigen Verkehrsinsel. Alle Ausfahrten sind Sackgassen, nur eine nicht. Aber welche?

Bens Handy klingelt. Ich schaue vor zur Tankstelle und sehe eine Schlange vor der Kasse. Wenn das was Wichtiges ist, jemand vom Set oder so? Ich stelle Isas Karton in den Fußraum, beuge mich rüber zum Fahrersitz und schaue, ob ich das Handy von oben zu fassen kriege, aber ich sehe es noch nicht einmal. Es scheint tief in der Autositzritze verschwunden zu sein. Ich beuge mich nach vorne in den Fußraum, in der Hoffnung, von hier weit genug unter den Sitz greifen zu können. Es ist mir total unangenehm, mich durch all den Müll zu wühlen. Endlich fühle ich das Handy, kann es aber nicht packen, im Gegenteil: Je mehr ich es versuche, desto weiter rutscht es nach hinten. Irgendwann steige ich aus, öffne die hintere Tür, schmeiße den gröbsten Müll vom Fußraum auf die Rückbank und ... Was ist das? Ich starre auf das silberne Teil, das überhaupt nicht nach Müll aussieht, ganz im Gegenteil. Es ist eine Kamera, eindeutig. Das Handy klingelt mittlerweile nicht mehr. Deshalb lasse ich es, wo es ist, nehme stattdessen die Kamera, setze mich auf den Müll, den ich auf die Rückbank geschaufelt habe, und betrachte sie. Mit so einer Kamera hat Isa ihr Videotagebuch aufgezeichnet. Sie hat sie mir beim Skypen gezeigt. Es war auch eine Sony und sie sah genauso aus.

Ist das am Ende ...

Ich drehe sie in meinen Händen. Vielleicht hat Isa sie in Bens Auto vergessen. Isa hat bestimmt oft hier im Auto gesessen und der Boden scheint Dinge jeder Art regelrecht anzuziehen.

Ich schaue rüber zur Tankstelle, aber die Scheibe spiegelt zu sehr, als dass ich die einzelnen Menschen in der

Schlange erkennen könnte. Ich versuche, die Knöpfe der Kamera zu verstehen, so schwer kann das ja nicht sein. Doch als ich den On-Knopf finde, zögere ich. Das kann ich nicht bringen. Wenn es Bens Kamera ist und er intime Filmchen drauf hat ... Nein! Das will ich definitiv nicht sehen und geht mich vor allem auch nichts an. Ich setze mich wieder auf den Beifahrersitz mit der Kamera auf dem Schoß und nehme mir vor, Ben zu fragen, ob das Isas Kamera ist, sobald er kommt. Gedankenverloren fahre ich mit dem Daumen die Kante der Kamera rauf und runter. Plötzlich spüre ich eine Kerbe an der Seite und in dem Moment erinnere ich mich daran, wie mir Isa die Kamera bei Skype gezeigt hat.

»Schau«, hat sie gesagt, »es ist die Beste der Besten. Eigentlich kostet sie über 1500 Euro, aber sie ist gebraucht. Dem Vorbesitzer ist sie mal runtergefallen, deshalb hat sie hier eine Kerbe.« Dann hat sie die Kamera in die Webcam gehalten und ich hab mich schlappgelacht, weil ich natürlich nichts sehen konnte.

Ich werfe noch mal einen Blick auf die Tankstelle, ohne was zu erkennen, und drücke schließlich doch auf ON. Ein Geräusch zeigt mir, dass die Kamera funktioniert. Im Display erscheinen die üblichen Funktionen, sodass ich schnell kapiere, wo ich drücken muss, um einzelne Aufnahmen anzuschauen. Es gibt jede Mengen Dateien, die alle eine Nummer tragen, leider kein Datum. Aber ich gehe mal davon aus, dass die unterste Datei die erste und die oberste die letzte Aufnahme ist, oder umgekehrt.

Ich drücke beim ersten Take auf PLAY. Kurz darauf lächelt mir Isa entgegen.

Hallo, Videotagebuch. Ist irgendwie total komisch, in eine Kamera zu sprechen. Aber ich muss mich dran gewöhnen, also hab ich mir so ein Teil zugelegt. War auch gar nicht so teuer, wie ich gedacht habe. Ich hab's gebraucht gekauft und es hat eine kleine Kerbe, deshalb war es so preiswert. Is' wohl dem Vorbesitzer mal runtergefallen. Das ist mir aber egal, so ein Ding soll ja nicht schön, sondern einfach nur praktisch sein, oder? ... Blöd, dass es nicht antworten kann. Es fühlt sich bescheuert an, so lange Monologe ins Nichts zu halten ...

»Was tust du da?«, fragt Ben und setzt sich neben mich. Ich drücke auf Pause und sehe eine blinkende Batterie oben rechts in der Ecke. Mist, der Akku ist gleich alle.

»Hey, was ist das?«, hakt Ben nach.

»Ich habe die ... diese Kamera, sie ... dein Handy, das hat geklingelt und da ...« Ich wische mir die Tränen von der Wange und merke erst jetzt, dass ich geweint habe. »Die Kamera lag hinten. Es ist Isas.«

Ben schaut geschockt auf meinen Schoß, wo die Kamera liegt.

»Isas Kamera?«, fragt er. »Wie kommt die hierher?«

»Das wollte ich dich fragen. Hat sie sie vielleicht mal dabeigehabt und hier vergessen?«

»Oh Mann, dieses Auto ist echt eine Müllhalde. Isa hatte das Ding immer bei sich. Am Abend vor dem Finale auch, da sind wir zusammen was trinken gegangen.«

»Sie hat da eine Art Tagebuch drauf«, sage ich. »Wir müssen uns das anschauen, Ben. Vielleicht finden wir da einen wichtigen Hinweis.«

»Das halte ich für keine gute Idee«, sagt Ben und fährt zurück auf die Landstraße.

»Warum nicht?«, frage ich.

»Weil ich jetzt nicht so viel Zeit habe. Ich muss zurück zum Set und die Wahrscheinlichkeit, dass sie bei Nils ist, ist echt groß.«

»Ja gut. Hast recht. Aber ich kann mir ja den letzten Take anschauen, während du fährst.«

Ben sagt nichts, schaut nur stoisch geradeaus, fährt zurück auf die Bundestraße nach Höchstadt und schabt mit den Zähnen über seine Unterlippe, was ein leises Kratzen hervorruft. Er hat genauso Angst, Isas Stimme zu hören, wie ich, denke ich und scrolle zur letzten Aufnahme. In der kurzen Ladezeit verändert das Akkuzeichen seine Farbe. Der letzte Balken ist verschwunden und es blinkt rot. Verdammt! Ich drücke auf ON. Zu sehen ist eine gekachelte Wand und zu hören ist extrem lautes Knistern und hektisches Flüstern.

»Bitte!«, sagt Ben außergewöhnlich energisch. »Ich halte das nicht aus!« Ich achte nicht auf ihn, sondern blicke weiter gebannt auf das wacklige Kachelbild und versuche, etwas zu verstehen. Isa wollte wahrscheinlich nicht gehört werden und ist deshalb dicht ans Mikro. Zu dicht! Es knistert und knackt ganz komisch und Isas

Worte sind nur bruchstückhaft zu verstehen. Ich spule zurück und fange noch einmal an.

»Star ... Arschloch ... wie konnte ich glauben ... ich bin so dumm! ... hat gesagt ... geht gar nicht. Ich werde das auf jeden Fall ... frische Luft ...«

In dem Moment wird der Bildschirm schwarz.

»Nein!«, rufe ich. »Das darf doch nicht wahr sein! Ausgerechnet jetzt!«

Ich drücke auf den ON-Knopf, immer wieder, kann es einfach nicht fassen, dass das Teil jetzt seinen Geist aufgibt. »Los, geh an, nur eine Minute!«

»Akku?«, fragt Ben.

»Ja, so eine Scheiße!«

»Am Set habe ich Aufladekabel«, sagt Ben und biegt von der Straße auf einen Feldweg ab. »Wenn wir Isa also bei Nils nicht finden, kannst du dir das später anschauen.«

»Sind wir noch richtig?«, frage ich.

»Ich denke schon. Paul hat es mir genau so beschrieben.«

»Aber ...!« Dann sage ich nichts mehr und lasse die Kamera resigniert auf meinen Schoß sinken. Ben biegt noch einmal ab, diesmal in eine verwachsene Hofeinfahrt mit einem verrosteten Eisentor. Kurz darauf taucht vor uns ein gigantisches Gebäude auf.

»Oh mein Gott!«, rufe ich. »Was ist das denn?«

Ben hält am unteren Teil der Auffahrt und macht den Motor aus.

»Hier wohnt Nils?«, frage ich fassungslos und glotze auf den fünfstöckigen Klotz.

»Sieht so aus«, sagt Ben und steigt aus.

Ich bleibe geschockt sitzen und lasse meine Augen von einem Stockwerk zum nächsten wandern. Es wirkt, als wäre das Haus einem Horrorfilm entsprungen, oder umgekehrt: als wäre ich in einen hineingerutscht.

»Komm«, sagt Ben und öffnet von außen meine Autotür. Ich steige zögerlich aus, habe einfach kein gutes Gefühl, obwohl ich weiß, dass vor allem mein Konsum an Horrorfilmen schuld daran ist. Dieses Haus hat seine besten Tage hinter sich. Viele Fenster sind eingeschlagen, der Putz ist in großen Teilen abgebröckelt und man kann nur an wenigen intakten Stellen erahnen, wie prunkvoll und leuchtend es einst hier gestanden hat. Ein Schild über der überdimensionalen Eingangstür baumelt quietschend im Wind an einer Kette. *Frankenhotel* steht drauf und das Quietschen scheint voll klagender Wehmut von früheren Zeiten zu erzählen, als hier noch reger Betrieb herrschte und Menschenscharen aus und ein gingen. Ich kenne diesen Namen und erinnere mich, dass Papa mal davon geträumt hatte, das Hotel wieder zum Leben zu erwecken. Doch Mama hatte sich gesträubt. Sie liebte ihr Hotel und wollte nie mehr.

»Hier wohnt doch niemand«, sage ich und halte mich an der Autotür fest.

»Anscheinend schon«, sagt Ben. »Paul hat mich vorgewarnt, ich solle mich nicht wundern, es sei alles ziemlich gespenstisch.«

Gespenstisch ist noch gelinde ausgedrückt, denke ich und ignoriere das Grummeln in meinem Bauch.

»Weißt du was über das Haus?«, flüstere ich. »Ich meine, wem gehört es? Nils?«

»Keine Ahnung. Irgendwann stand mal was von einer Erbengemeinschaft in der Zeitung. Angeblich leben die in der ganzen Welt verteilt oder so.«

Endlich lasse ich die Autotür los. Mein Körper ist in totaler Anspannung. Während wir uns dem Eingang nähern, suche ich das Gebäude nach einem verräterischen Hinweis ab, nach einer Bewegung, einem Geräusch, nach irgendwas. Aber da ist nur dieses quietschende Schild. »Hau ab!«, höre ich es singen und summe leise eine Melodie, um den Singsang zu übertönen.

Wir gehen die gigantische Freitreppe hinauf. Unter hohem Kraftaufwand lehnt sich Ben gegen die riesige Eingangstür, die sich tatsächlich kurz darauf laut ächzend und knarzend öffnet.

»Es ist nicht abgeschlossen! Wahnsinn! Das ist ... das ist echt krass!« Mit weit aufgerissenem Mund bleibe ich stehen und schaue in die Eingangshalle. Vor meinem inneren Auge spielen sich sofort Szenen aus einer längst vergangenen Zeit ab. Zaren und Könige werden feierlich mit Fanfaren empfangen, reiche Industrielle führen ihre kostbar gekleideten Gattinnen herum, Adelige sitzen Zigarre paffend in tiefen Ledersesseln an den hellen Fenstern ... Wahrscheinlich war dies auch ein Lieblingsort der Nazis. Nürnberg, eine der ehemaligen Nazihochburgen, ist schließlich nicht weit und all der Prunk, die mit Samt überzogene Rezeption, der gigantische Leuchter an der Decke, der marmorne Treppenaufgang in den ersten

Stock ... all das muss ihnen sehr gefallen haben. Mir schaudert!

Ich trete über die Schwelle, halte mich allerdings noch an dem überdimensional großen Löwenkopf fest, der als Türknauf dient, wahrscheinlich um nicht sofort den Kontakt zur Außenwelt zu verlieren. *Shining* kommt mir in den Sinn, der Gruselfilm mit Jack Nicholson. Ist das nicht auch ein stillgelegtes Hotel, in dem die Geschichte spielt?

Jetzt reiß dich zusammen, ermahne ich mich selbst. Es geht darum, Isa zu suchen, das ist Horror genug, da brauch ich nicht auch noch Jack-Nicholson-Filme.

Ich lasse den Türknauf los und die Tür fällt mit einem mächtigen Knall ins Schloss. Er breitet sich binnen Sekunden im ganzen Gebäude aus und hallt lange nach. Wenn Nils anwesend und nicht taub ist, hat er das jetzt gehört.

Das Tränengas in der Jackentasche!, schießt es mir durch den Kopf. Die hab ich im Auto gelassen. »Warte«, flüstere ich. »Ich hab noch was vergessen!« Mit diesen Worten drehe ich mich um, öffne die schwere Tür, lehne sie vorsichtig wieder an und gehe möglichst geräuschlos zum Auto, was nicht einfach ist, weil der Weg aus laut knirschenden Kieselsteinen besteht. Als ich die Jacke mit dem Tränengas vom Rücksitz nehme, fällt mir Bens Handy ein. Das muss natürlich auch mit. Wieso haben wir daran nicht gedacht? Ich knie mich hinten auf die Rückbank. Vorhin ist mir das Handy immer weiter nach hinten gerutscht, also müsste ich jetzt von hier aus problemlos drankommen, denke ich und beuge mich nach unten. Da ist es, hinter dem Autositz unter einer leeren Bäckertüte.

Und da ist ... Mich trifft der Schlag. Das ist doch ...! Ungläubig hebe ich Robbi auf, der unter der Bäckertüte zum Vorschein gekommen ist. Tränen schießen mir in die Augen, wie ich ihn so in meiner Handfläche liegen sehe, winzig, wie immer. Was um Himmels willen macht Robbi hier? Während ich die vertraute Holzrobbe liebevoll betrachte, als handele es sich um ein lebendiges Familienmitglied, wummert die Frage in einer Endlosschleife durch meinen Kopf. Was macht Robbi hier??? Das kann doch nur bedeuten, dass ...

Da höre ich Schritte auf dem Kies. Reflexartig stecke ich die Robbe und das Handy in die Hosentasche und krieche mit dem Hinterteil voran aus dem Wagen.

»Was machst du so lange?«, fragt Ben.

»Bin schon da«, sage ich und gehe ihm entgegen. Ich spüre den Herzschlag in meiner Kehle, entsprechend mühsam ist es, meiner Stimme einen unauffälligen Klang zu geben. »Ich habe dein Handy gesucht, aber leider nicht gefunden. Vielleicht willst du selber mal schauen.« Ich halte die Luft an und hoffe inständig, dass Ben jetzt in den Tiefen seines Müllautos verschwindet, damit ich die Polizei anrufen kann.

»Das kann ich später machen. Komm jetzt«, antwortet er stattdessen und geht wieder zurück zum Haus. Auf Verbrecherjagd ohne Handy, auffälliger geht's nicht mehr, denke ich und folge ihm die Treppen hinauf, während ich fieberhaft überlege, wie ich unbemerkt die Polizei anrufen könnte.

Als wir in die Eingangshalle treten, sehe ich wieder kurz die SS-Generäle in den zerschlissenen Ledersesseln sitzen.

»Wo sollen wir anfangen?«, flüstere ich und verwende all meine Energie darauf, ruhig und gelassen zu wirken.

»Wir gehen alle Stockwerke durch, würde ich vorschlagen. Unten im Keller fangen wir an.«

»Warum im Keller?«

»Warum nicht?«

»Ja gut«, murmele ich und wir gehen zu der Treppe, die direkt neben der Rezeption nach unten führt. Vor der ersten Stufe ist eine Marmorplatte in die Wand eingelassen, auf der steht: »Schwimmbad, Massage, Sport, Bibliothek, Kaminzimmer.«

Je tiefer wir gehen, desto dunkler wird es und meine Panik wächst mit jeder Stufe. »Gibt es hier Licht?«, frage ich und sofort drückt Ben auf einen Lichtschalter, den ich nicht gesehen habe. Er kennt sich hier bestens aus, registriere ich, während eine altmodische Neonröhre mit lauten Blinkgeräuschen angeht. Sie beleuchtet lediglich den kleinen Bereich am Fuß der Treppe. Vier Gänge gehen von hier ab, die in dem spärlichen Licht wie schwarze Löcher aussehen. Eine weitere Marmorplatte zeigt an, was sich in den jeweiligen Gängen befindet. Ben geht in die Richtung, die laut Schild nur für das Personal zugelassen ist.

»Komm, fangen wir hier an«, sagt er und knipst das Licht für den von ihm gewählten Gang an.

»Gut, dass die Elektrizität funktioniert, was?«, sagt er und lächelt mich an. Unglaublich, denke ich. Ist er wirklich ein so guter Schauspieler oder liege ich womöglich völlig falsch mit meiner Vermutung? Ich taste nach der kleinen Holzrobbe.

Wir gehen den Gang entlang. Er wirkt endlos, an beiden Seiten sind unzählige durchnummerierte Türen. Ich versuche, ein oder zwei Meter hinter Ben zu gehen, und fummele das Handy aus meiner Hosentasche. 110 ist ja nicht so schwer zu wählen. Wenn das Ding nur nicht gesperrt ist!

»Wo bleibst du denn?«, fragt Ben und dreht sich zu mir um.

Sofort presse ich das Telefon an meinen Oberschenkel und sage möglichst unbefangen: »Ich bin doch da. Krass, ist der Gang lang.«

Bens Blick geht wieder nach vorne. Ich schaue auf das Handy. Es ist ein ganz gewöhnliches Smartphone. Gut. Ich drücke auf den großen Knopf und ... Bingo! Die mir vertrauten Icons erscheinen auf einem hellen Hintergrund. Keine Tastensperre. Doch dann ...

Scheißescheißescheiße! Wir sind am Ende der Welt, ziemlich weit unter der Erde. Logisch, dass es hier keinen Empfang gibt.

Ich muss hier raus, denke ich, irgendwohin, wo ich telefonieren kann. Sofort! Vorsichtig gehe ich rückwärts, langsam, sehr, sehr langsam. Doch da bleibt Ben vor einer Tür stehen und dreht sich erneut zu mir um.

»Was hast du vor?«, fragt er.

»Ich gehe besser zurück«, sage ich. Ich kann mich nicht erinnern, jemals einen solchen Knoten in meinen Stimmbändern gespürt zu haben, und es kostet mich unendlich viel Kraft, meine Stimme möglichst harmlos klingen zu lassen. Und wie ich panisch feststelle, gelingt es mir auch überhaupt nicht. »Ich habe mir gedacht, dass es besser ist, oben Wache zu halten. Wenn Nils in einer der anderen Etagen wohnt und uns gesehen hat, muss er an mir vorbei, wenn er abhauen will.«

Stehen bleiben? Auf eine Antwort warten? Wegrennen? Wohin? Vor lauter Unschlüssigkeit tue ich gar nichts. Ben kommt auf mich zu.

»Nein, das ist zu gefährlich«, sagt er. Seine Stimme ist weich, seine Augen warm. Ich will ihm glauben, ich will ...

Da schnellt Bens Arm nach vorne und greift nach meinem Handgelenk, wie ein Chamäleon, das seine Beute mit der Zunge packt. Zum Glück hat er meine freie Hand erwischt, sodass ich mit der anderen das Handy ungesehen in meiner Hosentasche verschwinden lassen und das Tränengas rausholen kann. Ben merkt nichts von dem Manöver, weil ich ihn zugleich aus Leibeskräften anbrülle: »Hey! Was soll das? Lass mich los! Spinnst du jetzt?«

Und dann sprühe ich ihm, ohne zu zögern, eine volle Ladung Tränengas ins Gesicht.

Er schreit auf, reißt die Hände hoch und schlägt mir dabei die Spraydose aus der Hand. Als er jammernd auf die Knie fällt, liegt sie direkt unter oder zwischen seinen

Beinen. Kurz überlege ich, ob ich sie mir zurückholen soll, entscheide mich dann aber dagegen.

Isa, denke ich. Ich will, zu Isa!

»Wo ist Isa?«

»Aaaah, aaaahhhh! Meine Augen. Das brennt tierisch!«, jammert Ben. Ich spüre den Impuls, ihn schlagen zu wollen, kann mich aber beherrschen. So weit wird er mich nicht bringen, denke ich und schreie ihn stattdessen an: »Halt deinen Mund! Sag mir jetzt sofort, was du mit Isa gemacht hast!«

»Da«, sagt er kapitulierend und nickt mit dem Kopf zum Gangende.

So eine Memme, denke ich abfällig. »Die letzte Tür?«

»Ja ... aaaahhh, Scheiße ...!«

Ich renne hin und rüttele an der Tür. »Wo ist der Schlüssel?«

»Oben auf dem Türrahmen«, stöhnt er, sich den Kopf haltend.

Ich taste den Türrahmen ab und tatsächlich, da ist ein Schlüssel. Mein Herz rast und ich zittere so stark, dass ich das Schlüsselloch nicht auf Anhieb treffe. Endlich. Er passt. Ich schaue noch mal kurz zu Ben, der nach wie vor jammernd auf dem Boden kauert. Dann drücke ich die Klinke runter, atme tief durch und öffne die Tür.

Drinnen ist es hell. Ich sehe einen kargen Raum, einen Tisch und eine nackte Glühlampe an der Decke. Ich trete ein.

Und da ist sie. In einem alten Bett, wie ein Embryo eingerollt, auf der Seite liegend.

»Isa! Isa, Isa, ich bin's, Sophie.«

Ein Stöhnen, ein leises Hauchen. Ihre Augen flackern, als wolle sie sie öffnen, schaffe es aber nicht. Ich knie mich neben sie, berühre ihr Gesicht. Sie ist warm. Herrgott! Sie ist warm und sie atmet. Himmel. Isa lebt. Vorsichtig hebe ich ihren Kopf. »Isa, Isa, sag doch was, Isa, ich bin's, Sophie!«

Ihre rissigen Lippen bewegen sich, aber es kommt nichts raus.

»Was ist mit dir? Komm, mach die Augen auf.« Ich schüttele leicht ihren Kopf, puste ihr sanft ins Gesicht. Doch sie reagiert nicht mehr. Also lege ich sie vorsichtig zurück auf das unbezogene, mit Stockflecken übersäte Kissen. Sie muss ins Krankenhaus. Jetzt!

Plötzlich tut es einen mächtigen Schlag und ich fahre herum. Ben steht im Raum, hat die Tür zugestoßen und ist gerade dabei, sie von innen abzuschließen. Der Schlüssel. Ich habe den Schlüssel stecken lassen! Verdammt noch mal! Wie konnte ich nur so bescheuert sein?

»Schließ sofort die Tür auf!«, brülle ich, springe auf und boxe wie eine Wahnsinnige auf ihn ein. »Sie muss ins Krankenhaus! Sofort!« Doch während ich mit meinen Fäusten immer wieder auf ihn eindresche, merke ich, dass ich chancenlos bin. Männer sind stärker als Frauen, zumindest physisch, und als ich dann auch noch die Tränengasflasche in seiner Hand sehe, halte ich inne. Dies ist nicht der richtige Weg. Atemlos setze ich mich auf die Bettkante neben Isa.

»Was ist mit ihr?«, frage ich.

»Sie hat nichts«, antwortet Ben. »Ich habe ihr nur ein paar harmlose Kräuter gegeben, damit sie schläft.«

»Harmlose Kräuter?«, brülle ich. »Du bist ja völlig irre! Was für Kräuter?«

Er zuckt mit den Schultern.

»Hast du Mamas Apotheke geplündert, ja?«, schreie ich hysterisch. »Hast ihr einfach irgendwas gegeben. Du hast doch keine Ahnung. Mann, so eine Scheiße. Sie muss in ein Krankenhaus. Sofort!«

Mit meinen Augen schieße ich Giftpfeile in seine Richtung. Doch er scheint das gar nicht zu bemerken. Sein Mund ist nur noch ein bis zum Zerbersten angespannter Muskel und seine Augen blitzen wie Eiszapfen. Er schaut mich nicht an und antwortet auch nicht. Aber sein Blick sagt alles: Ich bin gefangen, zusammen mit Isa, und es wird keinen Weg hier raus geben.

»Warum?«, frage ich fast flüsternd. »Warum das alles?«

Ben kramt etwas aus seiner Hosentasche.

»Jetzt sag schon. Warum das alles?«

»Hier«, sagt er und reicht mir einen zerknitterten Zettel und einen Stift. »Ich diktiere und du schreibst.«

Mir rutscht ein Lacher raus, was ich sofort bereue. Nicht provozieren, denke ich und schlucke den Rest des hysterischen Lachers runter.

»Wird das jetzt Abschiedsbrief Nummer zwei?«, frage ich.

»Schreib!«

Ich lege den Zettel auf meine Oberschenkel, mache die

Kappe von dem Filzstift ab und schaue hoch zu Ben. Er steht jetzt direkt vor mir.

»Es tut mir schrecklich leid, aber ich kann mit diesem schlechten Gewissen nicht weiterleben. Mama, ich weiß, dass ich dir damit unendlich viel Leid zufüge, aber ich kann nicht mehr. In Liebe. Sophie.«

Scheiße! Wenn sie Isas Abschiedsbrief geschluckt haben, werden sie das bei meinem auch tun, denke ich, während ich die mir diktierten Worte zu Papier bringe. Bei Isa hat Ben geschickt die Todessehnsucht in den Brief gepackt, bei mir mein schlechtes Gewissen. Das wird mir Mama definitiv abnehmen. Wie oft habe ich ihr im Streit mein Scheiß-Gewissen vorgeworfen?

»Gib her!«, sagt er, als ich fertig bin, und streckt seine Hand aus. Ich gebe ihm den Zettel.

»Warum?«, wiederhole ich meine Frage. »Was hat Isa dir getan?«

Er steckt den Zettel in seine Hosentasche und legt den Stift und die Tränengasflasche auf den morschen Tisch, der an der gegenüberliegenden Wand steht.

Dabei dreht er mir den Rücken zu und ich suche den Raum hastig nach einer Waffe ab, nach irgendwas, mit dem ich ihn überwältigen könnte. Nichts. Dies ist einfach nur ein karger Abstellraum ohne Abgestelltes, nur ein Bett und ein Tisch, an dem Ben noch immer mir abgewandt steht.

»W A R U M?«, frage ich überdeutlich.

Er dreht sich wieder zu mir, lehnt sich gegen die Tischplatte und streicht sich seine roten Locken mit der ihm typischen Bewegung aus dem Gesicht. Sein Mund wirkt etwas entspannter und seine Augen sind jetzt keine Eiszapfen mehr, sondern unruhige, quirlige Geister auf der Suche nach einem Punkt, den sie fixieren können. Schließlich bleiben sie an meinen Schuhen hängen.

»Es ist kompliziert.«

»Ich werde es schon verstehen«, entgegne ich schnippisch.

Er nickt. Langsam. Nur einmal. Dann spricht er weiter: »Es fing alles an, als ich ein Gespräch zwischen den beiden Produzenten mitgekriegt habe. Dem Deutschen und dem Amerikaner.« Er macht eine Pause und ich sehe ihm an, dass er sich in die geschilderte Situation zurückversetzt. Sein Blick ist jetzt auf den grauen Steinboden gerichtet, er lehnt am Tisch und seine Arme hat er vor der Brust verschränkt. »Ich hätte es gar nicht hören sollen, aber ich saß da nun mal, im Dunkeln, in einer Ecke. Keiner hat mich bemerkt.« Pause.

Sprich weiter!, denke ich, sage es aber nicht, um ihn nicht zu stören und dadurch womöglich zum Schweigen zu bringen.

»Rita hatte mich gebeten, ein paar Sachen für sie am Computer zu erledigen. Ich sollte eine Vorlage für die Dispopläne und einen Mitarbeiter-Account erstellen, damit alle Zugang zu wichtigen Terminen und Mitteilungen hatten. Und dann noch anderes kleines Zeugs halt. Ich hatte den Job gerade neu und wollte das alles unbedingt am nächsten Tag fertig haben.«

Er nimmt den Stift in die Hand und spielt nervös mit der Verschlusskappe rum. Auf. Zu. Auf. Zu.

»Weiter«, rutscht es mir raus und ich beiße mir auf die Unterlippe.

»Irgendwann musste ich aufs Klo«, fährt er fort. »Es war schon mitten in der Nacht. Und als ich zurückkam, saß plötzlich der Boss an seinem Schreibtisch. Er hat mich nicht gehört und auch nicht gesehen, dass mein Computer noch lief. Ich wollte mich nicht zeigen. Wär irgendwie komisch gekommen, neu und allein, wie ich war. Also hab ich mich hinter meinem Schreibtisch verkrochen. Dann fing er an zu telefonieren, mit dem amerikanischen Produzenten. Das habe ich schnell kapiert, weil er den Lautsprecher anhatte.«

Ben macht wieder eine Pause und mir wird klar, worauf die Geschichte hinauslaufen wird. Nicht zur Kretschmer-Mutter und ihrer Nussrecherche und auch nicht zum eifersüchtigen Jakob oder zu Nils.

»Die Amis hatten sich auf Isa eingeschossen. Sie wollten sie und keine andere. Und deshalb wollte der Ami, dass die Deutschen die Abstimmung manipulieren.«

Auf. Zu. Auf. Zu.

»Der hat sogar Geld geboten, aber der deutsche Produzent ließ nicht mit sich reden. Das ist ein voll korrekter Typ, der hinter seinem Konzept steht und unbedingt das Volk entscheiden lassen wollte. Ging ja auch auf, sein Konzept. Die Show hatte eine Einschaltquote, von der Heidi Klum nur träumen kann.« Er lächelt stolz, als sei der Erfolg sein Verdienst. Mir platzt gleich der Kragen und ich lege meine Hand auf Isas Rücken, um ihren Atem zu spüren. Ruhig bleiben, ermahne ich mich, nicht drängeln, nicht provozieren.

»Ich bin dann an sein Telefon, als er weg war«, spricht Ben endlich weiter. Mein Blick hängt an seinen Fingern. Auf. Zu. Auf. Zu. Er trifft nicht immer auf Anhieb die Kappe, so sehr zittert er. »Musste nur auf Wahlwiederholung drücken, schon war der Amerikaner dran. Das Gespräch ging ganz schnell. Ich hab ihm vorgeschlagen, seinen Auftrag unbemerkt durchzuführen, wenn er mich ordentlich bezahlen würde. Er war sofort einverstanden. Hat dann noch ein paar Fragen gestellt zur Technik, die ich alle problemlos beantworten konnte, dann stand der Deal.«

Schlagartig hört er auf mit seinem Filzstift-Rap, legt den Stift auf den Tisch und verschränkt wieder die Arme. Was ist das für ein Ausdruck in seinem Gesicht, frage ich mich. Angst? Verzweiflung? Resignation? Von allem etwas. Bens Gesicht war immer ein offenes Buch. Seine Wimpern sind hellrot, fast orange, sodass man sie kaum sieht. Und auch die Brauen lassen sich kaum ausmachen. Dadurch wirkt er so offen, so verletzlich und ausgeliefert.

»Warum brauchst du das Geld?«

»Weil ich mein Leben verkackt habe«, antwortet er überraschend ehrlich, den Blick wieder auf den Boden gerichtet.

»Warum?«

Er schüttelt den Kopf. »Was wird das? Ein Möchtegernpsychogespräch?«

»Ich würde es einfach nur ein Gespräch nennen«, antworte ich. »Schließlich haben wir beide ein echtes Problem, und wenn du mich fragst, ist ein Doppelmord weit entfernt von einer guten Lösung.«

Er schnaubt durch die Nase, ballt seine Hände zu Fäusten und schlingt die Arme fester um seinen Oberkörper, als würde er frieren.

»Also«, insistiere ich. »Was ist passiert?«

Er antwortet nicht. Ich sehe an dem Weiß seiner Fingerknöchel, wie stark er unter Strom steht. Ich sage nichts mehr, traue mich nicht, spüre, wie sich in ihm was zusammenbraut. Mit einem Ruck stößt er sich von der Tischkante ab und fängt an, im Raum auf und ab zu gehen.

»Ich sag dir jetzt mal was. Und du hörst mir zu, verstanden?«

»Ja.«

»Die Schulzeit war die Hölle für mich. Jeder einzelne Tag war ein Gang über glühende Kohlen. Ich wurde gemobbt, ignoriert, ausgenutzt. Ja, ausgenutzt wurde ich. Habe allen geholfen vor Klausuren oder Exen. Und? Hat mal jemand *Danke* gesagt? Nicht, dass ich wüsste! Und wenn ich mal zu einer Geburtstagsparty eingeladen wurde, dann nur, damit jemand da war, den sie verarschen konnten.«

Er schlägt ein paarmal wütend mit den Fäusten gegen die Tür, bis seine Knöchel blutig sind. Ich schiele rüber zur Gasflasche auf dem Tisch und schätze meine Chancen ab, sie mir schnell zu schnappen, traue mich aber nicht. Dann läuft Ben wieder auf und ab. Auf und ab.

»Die elfte Klasse war der Gipfel. Florian hieß er, erinnerst du dich?«

Ich antworte nicht.

»Florian Tauschenbach. Er hat mir den Rest gegeben, dieses Arschloch, dieses Schwein! Wegen dem hab ich sogar angefangen zu beten. Stell dir vor! Ich und beten. Aber ich wollte wenigstens einen haben, der zu mir hält. Also habe ich Gott angefleht. Und er hat mich erhört. Weißt du noch? Florian ist nach einem Jahr bei uns von der Schule geflogen, aber da war's schon zu spät.«

»Zu spät für was?«

Er bleibt stehen und stützt sich, mir den Rücken zugewandt, mit den Händen auf dem Tisch ab. Er spricht leise weiter, extrem leise, und ich muss mich tierisch konzentrieren, damit ich alles mitbekomme.

»Ich hatte noch ein Jahr Schule bis zum Abi. Es war grauenhaft. Ich fühlte mich so klein und unscheinbar, mich hätte auch keiner gesehen, wenn ich auf Stelzen in die Schule gekommen wäre. Und auf einmal war sie dann weg, die Schule. Und soll ich dir was sagen? Ich habe sie vermisst. Das war wirklich absurd. Ich habe sie echt vermisst. Selbst die Hölle ist ein Halt. Doch dann war da gar nichts mehr. Sogar der Traum vom Journalismus war weg, einfach verschwunden. Vom Höllenfeuer ausgebrannt. Also hab ich angefangen zu spielen, hab alles gespielt, was mir in die Finger kam. Am Computer, in Spielhallen, bin sogar hin und wieder ins Kasino gegangen. So kam eins aufs andere. Hab mir Geld geliehen bei Bekannten, Freunde hatte ich ja nicht, wie du weißt, später sogar bei der Bank und noch mal und noch mal und ... na ja ...« Er hört auf zu sprechen und dreht sich zu mir um.

»Und da hast du dir gedacht: Steig ich mal in die Filmmafia ein und manipuliere die Anruferzahlen?«, frage ich.

Er nickt.

»Und? Wollten die Amis nicht zahlen oder was war das Problem?« Meine Beherrschung ist dahin und meine Stimme klingt schrill.

Ben kommt auf mich zu. Kurz habe ich Sorge, dass er gewalttätig wird. Wenn er auf mich losgeht, habe ich keine Chance, hier kann man sich nicht verkriechen. Doch da geht er in die Knie und fischt eine Wasserflasche unter dem Bett hervor. Dann baut er sich wieder vor mir auf. Plötzlich hat er ein kleines Arzneifläschchen in der Hand, schraubt es auf und lässt den Inhalt in die Wasserflasche tropfen.

»Was ist das?«, frage ich.

»Es wird nicht wehtun!«

»Was ist das, habe ich gefragt?«

»Der Tod tritt sofort ein. Ihr werdet nicht leiden.«

»Verdammte Scheiße. Ich will nicht sterben!« Wutentbrannt springe ich auf und stoße Ben so kräftig vor die Brust, dass er mit voller Wucht gegen den Tisch knallt. Aufstöhnend krümmt er sich zusammen und drückt die Hände auf seine rechte Hüfte. Blitzschnell greife ich nach dem Tränengas, und als Ben sich wieder aufrichtet, halte ich es ihm direkt vors Gesicht, meinen Zeigefinger auf dem Auslöser.

»Ich bin stärker als du, was soll das?«, fragt Ben. »Und das Tränengas ist so gut wie leer.«

Ich schüttele die Flasche. Er hat recht. Trotzdem. Ich habe das Gefühl, vor Kraft zu bersten. »Jetzt hörst mir zu, du Idiot! Echt. Wie kann man so viel Scheiße labern und machen und denken wie du. Gott, Hölle, Feuer, verbrannt! Wie bescheuert ist das alles? Der liebe Gott hat dich erhört, ja? Er hat Florian von der Schule geschmissen, ja? Ich sage dir, wer da Gott gespielt hat. Ich! Ich habe mitbekommen, wie Florian dich erpresst hat, dass er dich demütigen und im Internet der Lächerlichkeit preisgeben wollte!«

Ben schluckt. Hörbar. Mehrmals. Als würde er immer wieder etwas runterschlucken wollen, was nach oben drängt.

»Ich war es, die dafür gesorgt hat, dass er von der Schule fliegt!«

Ben kann meinem Blick nicht mehr standhalten, mit gesenktem Kopf weicht er zurück, bis er im Rücken die Wand spürt und sich an sie lehnt.

»Schau mich gefälligst an«, schreie ich und registriere erstaunt, dass er mir gehorcht. Er kämpft mit den Tränen, aber das ist mir egal, megascheißegal! »Ich war in einem Club, kurz nachdem du deinen Vortrag über Schillers *Räuber* gehalten hast und Florian dich mal wieder bedroht hat.«

»Woher weißt du das?«

»Ich hab's halt mitgekriegt, hab an der Seite der Spinde gestanden, Zufall eben. Florian war auch in dem Club, laut, besoffen, unangenehm, wie immer. Und ich habe ihm sein Handy geklaut. Einfach so. Ich habe es mir angeschaut und sofort gewusst, dass das ausreichen würde. Also bin ich noch in der Nacht damit zur Polizei. Und soll ich dir was sagen?«

Das Schlucken hat nichts geholfen, der Damm ist gebrochen und Tränen kullern aus Bens Augen. Manche laufen über seine Wangen, manche über die Nasenspitze und dann tropfen sie auf den Steinboden. Ben gibt sich große Mühe, kein Geräusch zu machen, aber es gelingt ihm nicht.

»Soll ich dir was sagen?«, wiederhole ich unfreundlich und spreche weiter, ohne auf seine Antwort zu warten. »Ich hatte damals einen ganz bestimmten Gedanken, der mir Mut zu dieser Aktion gemacht hat. Florian hat dich wegen deinem Ehrgeiz und deiner Intelligenz fertiggemacht und ich wünschte mir so sehr, dass du ihn mit genau diesen zwei Eigenschaften später zu Fall bringen würdest. Dass du ihm zum Beispiel als Staatsanwalt per Gesetz in die Eier treten würdest. Das war es, was ich mir vorgestellt habe. Deshalb hatte ich die Kraft, ihm das Handy zu klauen und ihn der Polizei auszuliefern. Ich wollte, dass du dich wieder berappelst, wieder du sein konntest, zwar irgendwie anders, allein, aber eben du, ein Eigenbrötler auf dem Weg zu einer besonderen Karriere. Stattdessen lebst du in einem Kellerloch und wirst ein größerer Verbrecher als Florian. Das ist erbärmlich!«

Ben wischt sich mit den Handflächen die Tränen aus dem Gesicht.

»Gib mir den Schlüssel«, sage ich. Aber er reagiert nicht. Ich habe keine Ahnung, was jetzt passiert. Entweder flippt er endgültig aus und beseitigt Isa und mich und damit auch die alte, frisch aufgewühlte Geschichte oder meine Ansprache hat die richtigen Stellen seiner zugemüllten Hirnwindungen erreicht und er gibt auf.

Ben schaut mich an und ich erkenne in seinen Augen genau den Kampf dieser beiden Möglichkeiten.

In dem Moment fällt mir das Handy ein. Ich hole es aus meiner Tasche und halte es in seine Richtung.

»Die Polizei ist schon unterwegs!«

Er schaut mit seinen feuchten Augen etwas benommen auf meine Hand. »Du hast sie nicht angerufen, denn du hast hier keinen Empfang.« Seine Stimme klingt wie die eines Kindes kurz vor der Kapitulation in einem Sandkastenstreit. Trotzig, den letzten Rest Stolz aus sich herausquetschend.

»Stimmt«, antworte ich. »Hier unten nicht. Aber oben im Auto hatte ich welchen.« Ich gebe mir Mühe, einen souveränen Gesichtsausdruck aufzusetzen, damit er mir meine Lüge abnimmt. »Sie werden jeden Moment hier sein. Und sie wissen, dass du derjenige bist, der Isa entführt hat.«

»Schwachsinn!«, sagt er kraftlos. »Oben im Auto hast du es ja noch gar nicht gewusst.«

»Doch!«, sage ich.

»Wie denn? Du lügst!«

Ich lege das Handy auf den Tisch und hole Robbi aus meiner Jeanstasche. »Kennst du den?«

»Die ganze Nation kennt die Holzrobbe. Es ist Isas Talisman. Was soll ich damit?«

»Gar nichts. Sie lag in deinem Auto. Isa hatte die Robbe bei der Entscheidung in der Hand und sie musste in kein Auto steigen, um zu der Party zu gelangen, denn die war auch in der Brose Arena, genau wie das Finale. Ich musste nur eins plus eins zusammenzählen.«

Stille.

»Es ist vorbei«, sage ich.

Er nickt und ich nehme ihm die Arznei und den Schlüssel ab.

Videotagebuch – 09.07.

»Los, fang du an.«

»Nein, du, ich weiß nicht, wo ich anfangen soll.«

»Läuft das Ding überhaupt schon?«

»Na klar. Das rote Licht leuchtet, siehst du?«

»Okay ... also, was soll ich sagen?«

»Fang einfach an.«

»Gut, also ... äääähhh ...«

»Himmel, dann fange ich eben an, mir schlafen schon die Füße ein! Aua! Kneif mich nicht! Also. Liebes Videotagebuch. Damit du nicht im schwärzesten Loch meines Lebens hängen bleibst, habe ich beschlossen ...«

»Wir!«

»Stimmt, also: ... haben wir beschlossen, dass wir dir erzählen, wie es weiterging.«

»Bin ich eigentlich auch mit drauf? Die Kamera zeigt irgendwie mehr in deine Richtung.«

»Komm halt ein bisschen näher.«

»Okay.«

»Jetzt kann ich ja mein Geheimnis lüften.«

»Welches Geheimnis?«

»Ben und ich haben ausgemacht, dass er mich wegsperrt, damit du aus Amerika zurückkommst. Hat geklappt. Cool, was?«

»Hey, das ist nicht witzig!«

»'tschuldigung, hast recht. Also. Wo ist der Zettel, auf den wir alle Punkte aufgeschrieben haben?«

»Warte, der lag doch vorhin noch hier auf dem ... Da ist er.«

»Also gut. Punkt eins: Ben ist in Untersuchungshaft. Er hat zugegeben, dass er die Anruferzahlen der Castingshow von der ersten Sendung an manipuliert hat.«

»Ich kann immer noch nicht glauben, dass er dir das nur für einen einzigen Kuss auf der Finalparty erzählt hat.«

»Er war halt völlig betrunken. Ich sehe ihn noch genau vor mir, ein Cocktailglas in der Hand. Grün war's, das Glas, das weiß ich auch noch. Er hat mich in die Arme genommen und gesagt: ›Glückwunsch, liebe Isabel. Bekomme ich jetzt einen Kuss von dir?‹ Er hat gestunken, eklig, nach Zigaretten und Alkohol. Trotzdem habe ich ihm einen Kuss auf die Wange gegeben, warum auch nicht, ich hatte ja gedacht, er wär mein Freund.

Er dann: ›Einen richtigen.‹

Ich: ›Nein.‹

Er: ›Bitte.‹

Ich: ›Lass mich los.‹

Er: ›Einen einzigen richtigen Kuss, das kann doch nicht so schlimm sein. Schließlich hast du mir den Sieg zu verdanken!‹«

»Unglaublich, wirklich unglaublich. Wie oft hab ich die Geschichte jetzt gehört? Ich kann's immer noch nicht glauben!«

»Ich hab gar nicht kapiert, was er da gesagt hat. Aber er

hat's mir dann ja erklärt. Da hatte er sich bloß voll verrechnet. Ich hätte meine Schauspielkarriere doch niemals auf einer Lüge aufgebaut! Darum hab ich ihm gesagt, dass ich es erzählen werde, und hab ihn stehen lassen. Ich bin dann erst mal aufs Klo, um mich zu sammeln. Er hinterher, hat gemeint, dass es nur ein Scherz gewesen wäre, hat sich entschuldigt und mir dabei anscheinend was ins Getränk gemischt. Keine Ahnung, wie er das gemacht hat.«

»Ich frage mich, wie er dich ungesehen nach draußen schleppen konnte.«

»In der Brose Arena gibt es unzählige Türen und Gänge, ich denke mal, das war gar kein Problem. Und er hat als Schüler auch mal dort gejobbt.«

»Stimmt, da war mal was.«

»Tja, dann war ich weggeschlossen und Ben hat sein Geld nicht bekommen. Keine Ahnung, wie lange der mich eingesperrt hätte, wenn du nicht gekommen wärst.«

»Was hatte er eigentlich vor? Das war doch völlig kopflos. Er hätte dich doch umbringen müssen. Ich meine, das war eine Entführung! Selbst wenn die Amis irgendwann gezahlt hätten, dann hättest du ihn doch logischerweise angezeigt.«

»Er wollte mit dem Geld sofort abhauen, am anderen Ende der Welt untertauchen und neu anfangen.«

»So ein Opfer!«

»Okay, abhaken, würde ich sagen. Nächster Punkt: die Kretschmers.«

»Oh mein Gott, die Kretschmers. Rebecca tut mir so was

von leid. Die kann doch echt niemandem mehr unter die Augen treten, oder? An ihrer Stelle würde ich mich einbalsamieren lassen und frühestens in zehn Jahren wieder auftauchen, wenn überhaupt.«

»Das sehe ich anders. Die ist ihre Alte endlich los. Als sich das mit dem Nussanschlag auf mich bestätigt hat, is' Rebecca ja völlig ausgetickt, hat ihre Schwester aus dem Heim geholt und ist zu ihrem Vater gezogen. Keine Ahnung, wie es ihr da jetzt geht, aber laut der unzähligen reißerischen Presseartikel anscheinend nicht schlecht.«

»Vielleicht ist sie sogar froh, dass nun doch du die Rolle spielst und nicht sie.«

»Wer weiß. Hat sie nicht die Schule geschmissen und macht jetzt eine Ausbildung?«

»Keine Ahnung, is' ja auch egal. Der nächste Punkt wäre Nils.«

»Oh Gott! Zu dem gibt's eigentlich nur zu sagen, dass er ein Arschloch ist.«

»Ein Megaarschloch sogar.«

»Krass, mir wird übel, wenn ich nur dran denke. Das muss man sich mal vorstellen. Während dieser Scheiß-Kuss meinen Verstand lahmgelegt und die Sehnsucht geweckt hat, hat dieser Wichser lediglich an den Gewinn einer Wette gedacht und an seine Kumpels, die ihm dabei zugesehen haben. Bääh!«

»Beruhig dich, Schwesterchen, dem Kerl zahlen wir's irgendwann heim.«

»Aber so was von!«

»Wer als Nächstes?«

»Jakob.«

»Hmmmm, auch so 'n Kapitel ...«

»Aber schnell erzählt. Mit Jakob ist Schluss. Punkt. Der muss erst diesen entsetzlichen Elternmief aus seinem Leben verbannen. Vorher geht da nix. Aus. Mehr muss man dazu nicht sagen.«

(Es klopft.)

»Herein.«

»Hallo, ihr Süßen. Da steht ein Reporter vor der Tür. Er meint, er kenne dich schon, Isa. Er würde dir gerne ein paar Fragen stellen.«

»Wie heißt er denn?

»Sascha Greiner.«

»Ach du Scheiße!«

»Ist das etwa der?«

»Na klar. SG, erinnerst du dich nicht?«

»Soll ich ihn wegschicken?«

»Nein, Mama, warte. Sophie, komm mit und nimm die Kamera.«

(Eine Hand kommt auf die Linse zu, das Bild wackelt, Schritte, eine Treppe, Stufen, ein Treppengeländer, noch eine Treppe, Schnaufen.)

»Was hast du vor?«

»Wirst schon sehen.«

(Treppenabsatz, Flur, Boden, Schuhe, eine Tür)

»Guten Tag, Herr Greiner, schön, Sie zu sehen.«

(Die Kamera ruckelt, Schwenk nach oben, Kamera bleibt auf einem Männergesicht stehen.)

»Ganz meinerseits, Frau Mainhard. Aaaahhh, da ist ja auch die Schwester, die Heldin, richtig?«

(Stille)

»Ich mein ja nur, was Sie gemacht haben, war sensationell, Sie haben nicht lockergelassen, haben immer weiter nach Ihrer Schwester ... Was schauen Sie denn so? ... Was tun Sie da?«

(Isa schließt die Tür, dreht den Schlüssel einmal rum und zieht ihn ab.)

»Schließen Sie sofort die Tür wieder auf.«

»Keine Sorge, das mache ich früh genug, denn glauben Sie mir, wir wollen nicht länger als nötig dieselbe Luft atmen wie Sie.«

»So? Was hab ich denn getan?«

»Kamera läuft.«

»Herr Greiner, gut, dass Sie gekommen sind. Wir hätten Sie eh in den nächsten Tagen besucht.«

»Was wird das hier?«

»Jetzt sind Sie mal ganz still und hören zu, was wir Ihnen zu sagen haben.«

»Wir können nämlich recherchieren ...«

»... im Gegensatz zu Ihnen.«

»Ich bin nicht schuld am Tod meines Vaters. Das wissen Sie genau. Wenn Sie auch nur ein bisschen darüber gelesen ...«

»... oder ein Quäntchen mehr Verstand hätten ...«

»... dann hätten Sie so einen Schwachsinn nicht geschrieben, es sei denn, Sie wollten das!«

»Denn, wie wir rausgefunden haben, hat Ihnen Wiebke, die wütende Exkonkurrentin meiner Schwester und Ihre Exfreundin, Sie dafür bezahlt, dass Sie den Artikel schreiben.«

»Und womit sie gezahlt hat, wollen wir uns lieber nicht vorstellen!«

»Wer erzählt denn so einen Schmarrn?«

»Na Wiebke persönlich natürlich, was denken Sie denn? War doch klar, dass so eine auf Dauer nicht den Mund halten würde.«

»Sie hat die erstbeste Gelegenheit genutzt, Ihnen zu schaden. Sie ist eine Zerstörerin und extrem flexibel, was die Richtung ihrer Schläge angeht.«

»Tja, auf so eine sollte man sich besser nicht einlassen …«

»… oder man macht niemals Schluss, so einfach ist das.«

»Sie bluffen doch, sonst hätten Sie ja längst etwas unternommen.«

»Sehen Sie, so wenig interessieren Sie uns!«

»Kommt hinzu, dass nicht jeder so sensationsgeil, niederträchtig und rachsüchtig ist wie Sie und Wiebke.«

»Aber glauben Sie uns, wir können auch anders. Und zwar sobald Sie sich mir, meiner Schwester, diesem Hotel oder dem Set nähern, kapiert?«

(Greiner nickt. Schwenk auf Tür. Sie wird aufgeschlossen. Stimmen aus dem Off.)

»Viel Glück, Frau Mainhard.«

»Ich brauche kein Glück. Und Ihres schon gar nicht. Man kann nämlich auch ohne Glück glücklich sein.«

(Schwenk durch das leere Speisezimmer, Stimmen aus dem Off)

»Gut gemacht, komm, schlag ein.«

(Ein Klatschen)

»Mach das Ding aus, ich hab Hunger.«

»Nee, eins will ich noch wissen.«

»Was denn?«

»Warte, dazu müssen wir beide in die Kamera schauen.«

»Stell sie da auf den Tisch.«

(Wackeln, eine Wand, eine Tischkante, schnelles Drehen, stille Totale vom Speisezimmer mit Fenster. Von links kommen Sophie und Isa ins Bild.)

»Was mir seit Freitag auf der Seele brennt!«

»Hä?«

»Finn Holder! Was hat er dir nach der Improvisation mit dem Schlaflied ins Ohr geflüstert?«

»Ach Gott! *(Isa lacht.)* Das willst du wirklich wissen?«

»Na klar! Was denkst du denn?«

»Er hat gesagt, was die meisten gesagt haben.«

(Pause)

»Nun sag schon.«

»Isabel, you're the best!«

»Nee, oder?«

»Genau das hat er gesagt.«

»Weißt du, was das heißt?«

»Hmmm?«

»Dass das alles nicht passiert wäre, wenn die Amis mehr Vertrauen in uns Deutsche gehabt hätten.«

»Hab ich auch schon gedacht.«
(Stimme aus dem Off)
»Mädels, kommt essen.«
(Cut)

Zara Kavka

Höllenprinz

Daniel wird nach einer Abiparty tot im Wald aufgefunden, offenbar ermordet. Ela, die Daniel seit Jahren unglücklich liebt, hatte während der Party zu viel getrunken und Daniel bedrängt, ihn geradezu verfolgt. Erinnern kann sie sich an nichts. Bald steht Ela unter Verdacht, denn sie hatte sich außerdem noch in direkter Nähe zum Tatort aufgehalten. Mühsam versucht sie herauszufinden, was in der Nacht wirklich geschehen ist, und beginnt, an ihrem eigenen Verstand und ihrer Unschuld zu zweifeln.

Giftkuss

Cleo ist völlig verzweifelt, als ihre beste Freundin Anja ermordet aufgefunden wird. Ausgerechnet Anja – die lebensfrohe, bei allen beliebte Anja! Trost findet Cleo bei der geheimnisvollen Katharina, einer Bekannten von Anja. Die Mädchen verbringen mehr und mehr Zeit miteinander. Doch Cleo ahnt nicht, dass Katharina nur ein einziges, aberwitziges Ziel verfolgt …

Arena

232 Seiten • Klappenbroschur
ISBN 978-3-401-06862-6
Auch als E-Books erhältlich

264 Seiten • Klappenbroschur
ISBN 978-3-401-06815-2
www.arena-thriller.de
www.arena-verlag.de

Das Böse hat seine guten Seiten – Die Arena Thriller

Bettina Brömme

Engelmord

Melina ist auf der Suche nach ihrem Bruder Heiko, seit drei Jahren ist er verschwunden. Auf dem Hof einer religiösen Sekte findet sie ihn wieder, aber er scheint sie nicht mehr zu erkennen. Dann geschieht ein schrecklicher Mord an einer jungen Frau, der Heiko angelastet wird. Denn die Tote war Heikos geheime Freundin – eine verbotene Liebe innerhalb der Sekte. Melina glaubt an die Unschuld ihres Bruders. Doch jemand aus der Gemeinschaft will mit allen Mitteln verhindern, dass die Wahrheit ans Licht kommt ...

280 Seiten • Klappenbroschur
ISBN 978-3-401-06918-0
Auch als E-Books erhältlich

Nora Miedler

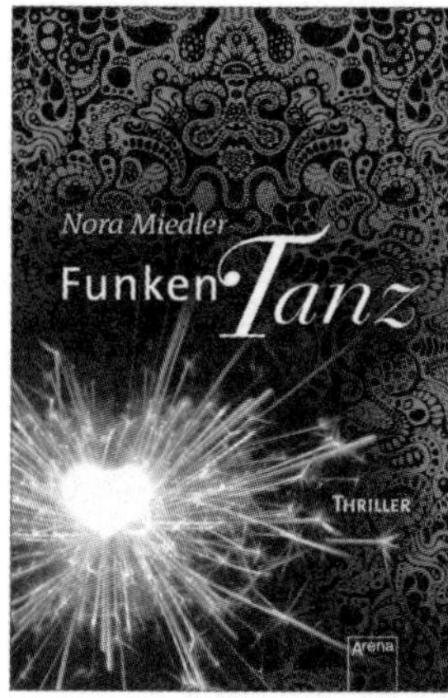

Funkentanz

Emilia hat vergessen, wer sie ist. Als sie mit einer Gehirnerschütterung im Krankenhaus erwacht, erinnert sie sich weder an das Datum noch an ihr Spiegelbild. Von den beiden Fremden, die sich ihr als Vater und Mutter vorstellen, weiß sie genauso wenig wie von dem Brand, der ihr Zuhause zerstört hat. Was ist geschehen und warum weigern sich alle so beharrlich, ihr etwas von ihrer Vergangenheit zu erzählen? Erst als eine alte Freundin auftaucht, beginnt Emilia zu begreifen, in welcher Gefahr sie schwebt. Eine Gefahr, die immer größer wird, je näher sie der Wahrheit kommt.

Arena

240 Seiten • Klappenbroschur
ISBN 978-3-401-06922-7
www.arena-thriller.de
www.arena-verlag.de

Das Böse hat seine guten Seiten – Die Arena Thriller

Ulrike Bliefert

Schattenherz

Malin Kowalski ist nirgendwo mehr sicher. Vier Wochen vor ihrem 18. Geburtstag sitzt sie in der Psychiatrie. Diagnose: suizidal. Leugnen: zwecklos. Dank der Lügen ihres Stiefvaters glaubt ihr niemand. Außer dem schüchternen Anatol. Gemeinsam fliehen sie aus der Klinik und machen sich auf die Suche nach einer gefährlichen Wahrheit.

240 Seiten • Klappenbroschur
ISBN 978-3-401-06876-3
Auch als E-Books erhältlich
www.arena-thriller.de

Lügenengel

Leonie liebt es, mit ihrer besten Freundin Meike bouldern – klettern – zu gehen. Gemeinsam verbringen sie in einem Berliner Club jede freie Minute mit ihrem Hobby. Bis sich eines Tages die geheimnisvolle Sonja zwischen die Freundinnen stellt. Noch ahnt Leonie nicht, wer das Au-Pair-Mädchen wirklich ist. Doch dann gerät ihre Familie in große Gefahr...

192 Seiten • Klappenbroschur
ISBN 978-3-401-06086-6
Als Hörbuch bei Arena audio
www.arena-verlag.de

15